Author シクラメン
Illustration てつぶた

中卒探索者の成り上がり英雄譚

～2つの最強スキルでダンジョン最速突破を目指す～

t Explorer

geon

JN035152

澪（みお）
極貧生活を送っていた
薄幸の美少女探索者。
尊敬するハヤトに
弟子入りする。
シオリ
凄腕だが、超ストーカー気質の
ヤンデレ系美少女。
ハヤト
2つの強力スキルを持つ少年探索者。
一躍高ランクへと成り上がり、
二人の弟子を持つ立場に！

ロロナ
澪とともにハヤトの
弟子になった無表情な美少女。
強大な魔法の力を持つが……？
ヘキサ
ハヤトの良き理解者にして
謎めいた美女。
ガサツで下世話なところも。
咲
ギルドの美人受付嬢。面倒見がよく、
ハヤトにとっては良きお姉さん。

『WOOOOOOON!』
「……澪、大丈夫？」
「もちろん。任せて」

中卒探索者の成り上がり英雄譚 2

～2つの最強スキルでダンジョン最速突破を目指す～

シクラメン

HJ文庫
1045

口絵・本文イラスト　てつぶた

2 The Heroic Tale of An Upstart Explorer in a World Full of Dungeon

CONTENTS

第1章 ✦ ゲームチェンジャー

「お客様、三名様でーす！」

「「いらっしゃいませー！」」

最初の店員の言葉を合図に、店内から一斉に歓迎の声があがると、可愛らしい女の子の店員が三人の客を連れてテーブルへと向かう。

駅からほど近いところにある大衆焼肉店は、今日も探索者たちで大盛況だった。

「お姉さん、若いね。高校生？」

「そ、そうです！　今年、高校に入りました！」

「へー！　じゃあ、15、16じゃん。若いなぁ」

「俺たちが高校生のときとかバイトなんてしてなかったよな」

「偉すぎるよな」

「あ、ありがとうございます！」

三人の探索者たちから褒められて、少女は内心で冷や汗をかきながら感謝の言葉を口にした。それもそのはず。彼女は高校生ではなく、中学生……それも、中学二年生だ。労働基準法では中学生のバイトは一部を除いて禁止されており、そして飲食店での労働は一部に入っていない。

つまり、彼女は年齢がバレるわけにはいかないのだ。

「お、お飲み物はいかがしますか？」

「生三つで！」

注文を取ることで年齢の話を打ち切ると、少女は素早く手元の電子端末に入力。

近頃ではタブレットを席に置いて客に注文してもらう飲食店や、店員の耳元につけてあるインカムで注文を音声入力できるタイプの店も増えているが、彼女が働いている店は、店員が客先まで出向いて注文を取る昔ながらの手法をとっていた。

「そういえば、お姉さんは探索者になろうとは思わなかったの？」

「探索者、ですか？」

注文を取り終えて帰ろうとしたタイミングで、ふと声をかけられた彼女は首を傾けながらそう聞いた。

「バイトするよりも探索者の方が儲かるだろ？　それに、働いたら働いた分だけ金になる。探索者の方が数倍良いよな」

みお

「あぁ、時給数百円で働くより、探索者になった方が良いぜ。俺たちみたいな中域攻略者ですら時給は数千円だしなー」

「た、探索者は……」

探索者は企業に所属しない。彼らは厳密に言えば労働者ではなく個人事業主にあたるからだ。

だから探索者として働くなら、年齢を偽る必要はない。そんなことは少女とてよく知っている。

だが、彼女は探索者にはなれない。ならないのではなく、なれない。

探索者になるためには、潤沢な資金が必要だ。

防具、武器、各種ポーション。そして、稼ぎをあげるために必要な『スキルオーブ』。

そのどれを取っても最低十数万から数十万。『スキルオーブ』の中には、数百万するものもある。

そんな金など、どこにもない。

どこにもないからこそ、彼女はこうして飲食店でアルバイトをしているのだ。

探索者たちのあまりに無責任な言動に、少女はぐっと唇を噛んだ。

彼らはまだ若い。きっと親から生きていくのに必要な生活費の援助があったのだろう。

もしかしたら、探索者になるための装備のお金も出してもらっているかもしれない。

両親がいて、生活費を出してもらって、それだけの環境があったから、探索者になるための初期費用を貯めることが出来たのだ。

……それが、出来ない人だっているのに。

だが、そんな言葉をぐっと呑み込んで少女はにこっとスマイルを浮かべた。

「私が探索者になったら、簡単に死んじゃいますよー」

「ははっ、初心者で死ぬやつなんてそういないけどな」

話もそこそこに彼女は会話をきりあげて生ビールを取りにキッチンに向かった。

心の中では、言葉にできないもやもやがずっと渦巻き続けていた。

知っている。探索者になった方が金を稼げることは知っているのだ。

街角のディスプレイでは、藍色の髪をした『世界探索者ランキング』日本2位という超級の探索者がダンジョンへと誘っている。14歳という今の少女と同じ歳に探索者になり、またたく間にランキングを駆け上がった天才が、『ダンジョンで夢を掴もう』と言葉にしている。

「……そんなこと、分かってるもん」

でも、現実として彼女はダンジョンに潜らない。

それでも一度、考えたことがあった。自分が探索者になるためにはどれだけの金額がかかるのだろうと。スマホを持っていないから、色んな装備屋を見て回った。

そして、分かった。

初心者向け（エントリーモデル）の防具が、20万円。そして、同じく武器が10万円。ダンジョンに入るためには治癒（ちゆ）ポーションが必須（ひっす）で、これも時価だが……Ｌｖ１でも、だいたい５、６万円はする。

つまり、探索者になろうと思ったら40万円が初期費用として必要になる。

40万円だ。

「……でも、無理、無理だもん」

そう、無理だ。無理なのだ。

家賃も、食費も、電気代も、水道代も、ガス代も、制服代も、給食費も、勉強するために必要な文房具（ぶんぼうぐ）のお金だって自分で働いて支払（しはら）っている少女には、そんなお金なんて到底（とうてい）用意できるはずがない。

その日を暮らすので、精一杯（せいいっぱい）だ。

だから探索者なんて夢の職業で、そんなところに手が届くはずなんてなくて。

「澪（みお）ちゃん。生三つお願いね！」

「はい！」

店長から渡されたビールを両手でもって、澪は再び探索者たちのところに戻る。もやもやを抱えるのは慣れっこだから彼女はすぐに頭を振って、気分を切り替えた。

大丈夫。今のままでも、どうにかなってるのだから大丈夫。

そうやって、なんども自分に言い聞かせて彼女は心を落ち着かせた。

「そういえば今期、Ａランクに昇格するやつは八人だってさ」

「八人？　少ねえなぁ」

「『ヴィクトリア』が半壊しちまったからな。怖気づいちまったやつも多いんじゃねえの？」

「あれは凄かったな」

何の話か分からないが、きっと自分には関係ない話だろう。

澪はそう結論づけて、ビールを彼らのテーブルに置いた。

「生三つです！　ご注文はございますか？」

「おー。きたきた」

彼らは澪が持ってきたビールを仲間に配ると、すぐに肉を注文。

そして、澪が確認を終えた段階でもう一度声をかけた。

「あ、そうだ。お姉さん」

「は、はい？」

「弟子に応募してみたら？　師匠がいれば、死ぬこともないと思うよ」

「ば、弟子……ですか」

それは世間知らずの彼女でも知っている。Aランク探索者には、弟子を取って育成する義務がある。当初は『日本探索者支援機構』……通称、『ギルド』が初級探索者たちの死亡率を下げ、また探索者になるための ハードルを下げるために始めたことだったが、想定していたよりも探索者たちの殉職率が下がったことから、国が探索者法に明記したのだ。

「そ、そうですね……。考えてみます！」

澪はそう言って微笑むと、探索者たちのテーブルを後にした。

弟子。それになれば、お金はかからないのだろうか？　自分も探索者になれるのだろうか？

そんなことを考えながらキッチンに入ると、店長は料理を作る手を止めることなく、口を開いた。

「澪ちゃん。今日はもう上がっていいよ」

「も、もうこんな時間！　お疲れ様です！」

ちらりと澪が時計を見ると、高校生が働けるぎりぎりの時間……二十二時になっていた。

彼女は店長に礼を言うと、更衣室で着替えて外に出る。

すっかり秋になってしまった九月の終わり。夜の風はとても冷たくて、澪は震えた。

「……さむっ」

思わず独り言をもらす。冬になるから、防寒具を買わないといけない。去年まで着ていた服はサイズが合わずもう着られないから、また出費がかさむ。

「お金、欲しいなぁ……」

自転車を漕ぎながら彼女はそう言って、深くため息をついた。

これからのことを考えると、頭が痛くなるから……なるべく考えたくなかった。来年は中学三年生。受験生だ。高校生になると教科書代がかかると聞いた。それに制服だって新しいのを買わないといけない。知り合いや先輩がいたら、古着をもらうことができるのだろうが、彼女にはそんな伝手などない。

それに受験生になれば、塾に通う同級生だって出てくるだろう。

そんなお金を用意することなど彼女には無理だというのに。

「疲れたぁ」

十分かけて家に帰ると、彼女は誰もいない１ＬＤＫの中でそう声をもらした。

数ヶ月片付けをしていない部屋の中はひどく散らかっていて、でもバイトで数時間働いた後に片付ける気にもなれなくて、そのままになっている。

「弟子……。弟子かぁ……」

灯りを点けると電気代がかさむから、暗い部屋の中で澪は何度もそう言って横になった。

「弟子になれば、何か変わるのかなぁ……」

彼女はそう言って目をつむると、服からかすかに焼肉の臭いが漂った。

「うぅ、シャワー浴びないと……」

母親は、もう数ヶ月は家に帰ってきていない。

破綻が起きたのは二年前。ダンジョンが生まれ、探索者たちが生まれ、そして世界に衝撃が走ったとき。

サラリーマンをやめて探索者になりたがった父親と、そんな父親にとっくに愛想を尽かしていた母親が破局するのはそう長くはかからなかった。

きっかけは何でも良かったのだ。ただ、なるべくしてそうなっただけで。

母親に引き取られた澪は、少し寂しかったけど……でも、我慢できると思った。

父親とは連絡を取らせてもらえなかったけれど、それでも母親がいれば……きっと、寂しくないと思っていた。

けれど、それもそう長くは続かなかった。

今までパート社員だった母親が、一人で澪を育てるには限界があった。だから澪の母親は正社員になろうとして……なれなかった。職歴がなく、資格がなく、そして若くもない。そんな彼女を正社員として雇うよりも、探索者になろうとしてやってきて、そして挫折した若者を雇う方が企業としては旨味があったからだ。

だから、彼女が澪を育てるために夜の仕事を始めるのにそう時間はかからなかった。そして、澪の母親は家に帰ってこなくなった。最初は二日に一回は帰っていたが、それが三日に一回、一週間に一回、そして一ヶ月に一回になって……もう、帰ってこなくなった。

「明日、起きてからにしよ……」

何故、帰ってこなくなったのか……澪は、母親に聞けなかった。返事を聞くのが怖かった。だから、知らないままでいるのが良かった。

知らなければ、幸せでいられるから。

きっと、お母さんは一生懸命働いてお金を稼いでいるんだと。

きっと、お母さんはお仕事で忙しいから家に帰ってくる時間がないだけなんだと。

そう思っていれば、幸せでいられるから。

現実なんて見たくない。見ないままで良い。

「あ、宿題やってない……」

夢を見ることだけが、彼女に許された最後の幸せだった。

第2章　ランクアップの探索者

「やばいッ！　昼寝しすぎたッ！」

《だから寝るなって言ったのに》

「昨日、寝れなかったんだってッ！　緊張で！」

五畳半の狭い部屋で騒いでいるのは、先日Aランクに昇格が決まった天原ハヤト。昇格するのは嫌だ嫌だと騒いだものの、その努力も虚しくAランクになってしまったので、講習を受ける必要があるのだ。

　ちなみに、その講習があと五分で始まる。

「ご主人様、お昼なのによくお眠りになってましたよ！　寝顔が可愛かったです！」

「起こしてくれよ！」

　と、ハヤトは言ったものの、

《エリナは三分に一回のペースで起こしてたぞ》

「ご主人様は『ちゃんと間に合うように起きるから』っておっしゃってましたよ？」

「ありがとな、エリナ！」

二人からそう言われるとどうしようもない。

ハヤトはエリナに礼を言って、新調した防具に着替えると、これまた買ったばかりのスマホをポケットに突っ込んで家から飛び出した。

「ち、遅刻は洒落にならんッ！」

《別に良いだろう、遅刻くらい。何をそんなに慌ててるんだ》

「こ、これから講習があるんだぞ！　講習にはAランクになる探索者は全員参加って決まってんだ！」

《うん？　確かにそうだな。そんなことが書いてあったような気がするが》

「遅刻したら目立つだろ……ッ！　常識的に考えてッ！」

ハヤトはただでさえ、二年前にイキり散らかして当時の探索者たちから嫌われている上に、一ヶ月ほど前にダンジョンの外で使ってはいけないはずの治癒スキルを使ってしまったことで、れっきとした犯罪者になっている。もし警察に通報されたら一発アウトで逮捕だ。

だから目立たず、講習も部屋の隅っこの方でおとなしく受けようとしていたのにこれである。

《目立ちたくないんだったら、エリナが起こしたときにすぐに起きれば良かったんじゃな

いのか？》
「正論はやめてくんないかなぁ!?」
そんなことを言いながら自転車を漕いでいたハヤトだったが、目の前の信号が赤に変わったのを見て急ブレーキ。身体が前方に引っ張られるのを感じながらも、前線攻略者の身体能力を活かして、なんとかギリギリで静止した。
《お、おいおい。なんで止まったんだ》
「なんでって……信号赤じゃん」
《車どころか人通りも殆どないぞ……。無視しても良いだろう、別に……》
ハヤトが声を出しながらヘキサと会話していることからも分かるように、周囲に人通りはない。それどころか車も走っていない。だから、別に赤信号を無視して突っ切っても良いのにこれである。
《ま、まぁ、良い。こういうのは、お前の良いところだよ……》
「そりゃどうも。あーくそ、ツイてねえなぁ」
そう言って赤信号に悪態をつくハヤト。
青信号に変わると再び加速。『ギルド』まで自転車で五分という恵まれた立地に住んでいるハヤトだが、今日ばかりは三分でギルドにたどり着くと、講習が行われるという2階の会議室に全力ダッシュ。

（うぉぉおおッ！　間に合えぇぇぇぇえええッ！）

《ちなみにあと一分ないぞ》

（絶対間に合わせるッ！　俺は捕(つか)まりたくないんだッ！）

《ギルドの中を全力疾走(しっそう)するのはお前の中で目立たない部類に入るのか？》

　ヘキサのツッコミを受けながら２階に上がったハヤトは周囲を見渡(みわた)して、思わず立ち止まった。

「どこだよ会議室ッ！」

　余談だが、ギルド――ここでは建物を指す――は探索者たちが１階で完結できるように設計してある。喫茶店(きっさてん)やレストラン、シャワールームにコインロッカーなどの探索に必要な施設(しせつ)は全(すべ)て１階に作ってあるのだ。

　そのため、２階に入るのが初めてのハヤトは会議室の場所が分からず迷っていると、

「あ、ハヤトさん！　こっちですよ、こっち！」

　ちょうど会議室に入ろうとしていた咲(さき)が、そう言ってハヤトを呼び止めた。

「おはようございます、咲さん」

「もうお昼過ぎですよ？」

「気にしないでください」

「そうですか？　それなら気にしませんけど、ハヤトさんが遅刻しないか心配してたので間に合って良かったです。ほら、ハヤトさん。家に時計がないから」

さらっと家に時計がないことを知られていることにハヤトは違和感を覚えず、

「実はこの間、スマホを買ったんです！　ほら！」

そう言って買ったばかりのスマホを自慢した。ちなみに、家に時計がないのは本当なのでわざわざ訂正することもない。

「あら、そうだったんですね。じゃあ、講習が終わったら連絡先を交換しましょう！」

咲はそう言って微笑むと、ハヤトの頭に手を伸ばした。

「髪、寝癖が付いたままですよ。ハヤトさん」

彼女は「仕方ないですねぇ」と言って微笑むと、わずかにつま先立ちになってハヤトの寝癖を直した。

いつもはエリナに寝癖を直してもらっているハヤトだが、今日は遅刻ギリギリだったので直してもらう時間がなかったのだ。それに少しばかりの恥ずかしさを覚えていると、

「直りましたよ。皆さん、お待ちですから中に入りましょうか」

「……っすね」

咲は何でもないようにそう言って、先に会議室に入っていく。

《え、何お前。照れてんの？》

（良いだろ別に！）

ヘキサにいじられながら、ハヤトもその後ろを追いかけて……。

ぱっ、と中にいた探索者たちからの視線が集まった。

（なんでみんな俺を見るんだよ……）

《そりゃＡランク探索者になるってことは、その前がＢランク探索者とかだろ？　否が応でも、最前線でお互い顔を見知っているはずだ。そこに、一人だけ見覚えのない顔が来てるんだから、目立つだろうさ》

通常、ランクというのは一つしか上がらない。ＥがＤになり、ＤがＣになるといった具合にだ。そうでなければ、ランクを設けて探索者を管理している意味がない。

だが、時折……その段階をスキップしてしまう探索者がいる。Ｅランクが、Ｃランクに。Ｄランクが、Ｂランクに上がる探索者が極稀だがいる。しかし、Ｄランク探索者が、Ａランク探索者に上がるなんてことはない。いや、なかった。

そう。何を隠そうハヤトがその第一号である。しかも、彼の噂はそれだけにとどまらず、『ヴィクトリア』すら壊滅させた超級モンスターを屠った化け物探索者として、探索者界隈で名前が広がったのだ。

「席は自由で良いですよ」

咲にそう言われて、思わずハヤトは机に視線を向ける。

『コ』の字型に並べられた長机には、今回Aランクに昇格した探索者たち八名ちょうどの席しか用意されておらず、最後に会議室に入ったハヤトに選べる席などなかった。しょうがないので、唯一空いていた席に座ると、

「久しぶりだな」

「え？　あ、あぁ……。うん？」

隣に座っていた青年から声をかけられた。歳の程はハヤトとそう変わらない。いや、もしかしたら何歳か年上かも知れない。わずかに橙のさした髪と、暗い瞳。染めているにしては綺麗な髪色の若い探索者だ。

久しぶりとはどういうことだろう？

どこかで会ったことがあるだろうか？

ハヤトが真相を確かめるべく、意識を過去に飛ばそうとした瞬間、

「では、これからAランクに昇格された皆様への講習を始めさせていただきます。担当は私、三枝咲です。一時間ほどの短いものとなりますが、皆様お付き合いください」

咲が講習を始めた。

ハヤトは席の前に置かれた何枚かの書類を前にして、思わず「うっ……」と心の中で悲鳴を漏らす。

（漢字が読めん……）

《必要になれば私が読んでやるから、今は咲の話を聞いておけ》

一応、ギルドが作る書類の規定では常用外の漢字を使わない……つまり、小学校で習った漢字だけしか使えないようになっている。なので、目の前にある書類は中卒のハヤトでも習っている漢字しか使われていない。使われていないのだが、それとこれは別である。

「今期、Aランクになられた方は八名。過去最少の人数となりました。それも、つい一週間前にあったあの惨劇（さんげき）が原因でしょう。しかし、皆様はここにいらっしゃいます。それを、私はギルド職員ではなく、皆様の知り合いとして嬉（うれ）しく思います」

突如（とつじょ）として『招かれざる来訪者（イレギュラー・エンカウンター）』が出現したあの事件で犠牲（ぎせい）になったのは『ヴィクトリア』だけではない。あの日、24階層を攻略していた前線攻略者（フロントランナー）たち三十人ほども、それに巻き込まれるようにして死んだのだ。

だが部屋の中にいる八名の探索者たちは、その話を聞いたところで顔色一つ変えはしない。確かに、前線攻略者（フロントランナー）が三十人も死んだというのは恐（おそ）るべきことだろう。震え上がるものだろう。

しかし、ここにいるのはダンジョンに慣れきった者たちだ。ダンジョンの中で誰かが死ぬのは当たり前だと思っている連中だ。

そんな彼らが、この程度で顔色を変えるはずもない。

「では、これよりAランク探索者に与えられる特権と、その義務についてご説明いたします」

咲はスクリーンに資料を投影すると、淀みない口調で続けた。

「Aランク探索者たちは大きな特権が与えられますが、その一つはやはり企業とのコネクション優先権でしょう。今はどこの企業も『ダンジョン』より産出されるアイテムや、超遺物（オーパーツ）を求めています。今は『ギルド』が皆様と企業の間を繋いでいますが、Aランク探索者になれば、ギルドを通さずに取引ができるようになります」

そう言って、図とイラストを見せる咲。

（……ん？　ギルドって俺たちから仲介手数料を取って、稼いでるんだよな？）

《ああ、そうだ》

（企業と直接取引するようになったら、仲介手数料は取れないんじゃないのか？）

《探索者と企業間のアイテム取引から取るんじゃなくて、企業から紹介料を貰うんだろう

さ。ギルドだって、馬鹿じゃなかろう》

（何でも金だな）

《あって困るもんじゃないからな》

それがなくて自殺を試みたハヤトとしては納得するしかなく、鼻をわずかに鳴らした。

他にも咲はAランク探索者のメリットとして、企業の広告塔という活躍の場があることを説明していたが、ハヤトは目立てないのでこれはバツ。

「さらに、皆様にはこれよりAランク探索者たちだけが参加できる競売への参加権が付与されます。これは、ダンジョンの最前線より産出された『スキルオーブ』や武器などが優先して競売にかけられます」

（ああ、そういえばそんなのもあったな……）

《何の話だ？》

（『探競』……Aランク探索者だけが参加できるオークションがあるんだ。最前線で産出された武器とか『スキルオーブ』。つまり〝外〟じゃ使えないアイテムを同業に売りさばくんだよ。これがあるからAランク探索者たちはより強くなるし、Aより低いランクの探索者たちにアイテムが流れねぇ）

《そんなものがあったのか。不平等だな》

（そう、不平等だ。だから、めったに開かれるもんじゃないって聞いたけどな）

《誰から聞いたんだ？》

（シオリ）

ハヤトは苦虫を噛み潰したような顔で答えた。

「では、次にAランク探索者に課せられる義務についてご説明いたしましょう。とは言っても、既に皆様ご存知かも知れませんが」

そう言って咲は微笑むと、手元のリモコンを操作して資料を切り替える。

「弟子育成システムです」

それに真っ先に食いついたのがヘキサ。

《ほう？　面白そうだな》

（面白いか？　俺が何を教えるんだ？　一ヶ月前までDランク探索者だったんだぞ？）

《スライムの食べ方とか教えられるだろう》

（ドン引きされて弟子辞められるだろ、それ）

そんな話をしながら、ハヤトたちは咲の資料を読み進める。

弟子は一般に募集をかけて抽選で選ぶ方法と、自分の知り合いから自分で選ぶ方法の二通りがあるらしい。ハヤトの知り合いで言うとダイスケは個人的に声をかけて、面接や試験を挟んでから自分の弟子にしており、一方でシオリは抽選で適当な探索者を選んだという。

《お前はどっちにするんだ？》

（抽選だよ。探索者になりたがってる知り合いなんていねぇからな）

ハヤトはそう言って、肩をすくめた。

講習は一時間かかると睨んでいたものの、実際には四十五分ほどで終了。そのまま解散するかと思ったが、

「これより新しい探索者証を配布いたします」

咲はそう言って、八つの新しい探索者証を取り出した。探索者証はその色で探索者としてのランクを表す大事な指標であり、ランクがあがるたびに新しいものと交換するのだ。

「おめでとうございます、ハヤトさん」

咲はそう言って微笑むと、ハヤトに探索者証を手渡した。

「……ありがとうございます」

新しい探索者証を古いものと交換しながら微笑むハヤトの顔はわずかに引きつっており、

《もっと嬉しそうにしたらどうだ？》

（DランクからAランクの昇格は絶対に目立つ……。終わった……。逮捕だ……）

《逮捕されたら脱獄しろ》

（すごいこと言うじゃん……）

新しい探索者証を手にしたハヤトは、なるべく目立たないように席を立つ。

咲と連絡先を交換するところを他の探索者たちに見られたら絶対に目立つだろうから、今のうちに逃げ出そうというわけだ。

気配を消して部屋から出ようとした瞬間、隣に座っていた青年に話しかけられた。

「久しぶりだな、ハヤト」

「……ん？」

そう言って声をかけてきたのは、講習が始まる前にハヤトに話しかけてきた青年と同じ人物。だが、あいにくとハヤトに彼の記憶はなく、

「悪いんだが……どっかで会ったことあるか？」

「覚えてねェか？」

「あぁ、悪いがさっぱりだ」

ハヤトの言葉に青年はわずかに目を開くと、ニッと笑う。

「……っと、これはしまったな。24階層でお前に助けられたンだよ。俺ァ」

粗暴な探索者らしく言葉遣いは汚かったが、不器用そうに青年は答えた。

「あのときの⁉」

「俺ァ、シン。真実の真で、シンだ。よろしくな、ハヤト」

「こちらこそ、よろしくだ。シン」

ハヤトは差し出された手を取って、問い返す。

「俺のことを知ってるなら自己紹介（しょうかい）は要（い）らないか？」

「要らねぇよ。お前は有名人だからな。でも、ちゃんと礼だけは言っておきたかったんだ。時間とって悪かったな。次はダンジョンで会おうぜ」

シンはそう言って、手を上げて別れを告げると会議室を後にした。

《満更（まんざら）でもなさそうだな、ハヤト》

（まぁな。やっぱり、誰かに感謝されるのは……良いもんだ）

《良かったな》

（あぁ、少し引っかかるけどな）

《何が引っかかるんだ？》

（有名人って言われたことだよッ！）

ハヤトはそう言うと、シンの後ろを追いかけるように会議室を後にした。

《それで、これからどうするんだ？》

（ダンジョンに潜るよ。24階層の途中（とちゅう）で攻略止まってるからな。ようやく攻略再開（リスタート）だ）

『禁忌の牛頭鬼（フォビドゥン・タウロス）』との戦闘（せんとう）後、しばらく入院していたハヤトは身体が鈍（にぶ）ってしまっており、それを取り戻すために一週間くらい中層で身体をならしていたのだ。

だが、それも終わり。これからは再び前線攻略者（フロントランナー）として最前線に舞（ま）い戻る。

《それなら、これから二週間以内に30階層突破（とっぱ）を目指すか》

（ハイペースすぎないか？）

《馬鹿言え。一ヶ月で最下層から最前線に戻ったお前ができないわけがないだろう？》

ダンジョンに潜るため受付に向かったら、咲が職員専用の部屋からカウンターに出てくるのと全く同時で、

（……さっきまで会議室にいなかった？）

《いたな》

（いつの間に……）

神業（かみわざ）のような仕事の速さにハヤトは驚愕（きょうがく）を隠せず、咲の下に向かう。

「ハヤトさん、これからダンジョンですか？」

「そ、そうです。今日から前線攻略（こうりゃく）に戻ろうと思って」

一方の咲は涼（すず）しげな顔。いつものように可愛（かわい）らしい笑顔（えがお）まで見せてきた。

「もうお身体は大丈夫ですか？」

「もちろん」

ハヤトはそう言って胸を張ってみせる。

「では今日の攻略階層は24階層ということでよろしいでしょうか？」

「それでお願いします」

「承知しました。そういえば、弟子（バンド）のことなんですけど」

「はい？」

咲は手元を見ずにカウンターの機器を操作しながら、ハヤトに尋（たず）ねた。

「弟子（バンド）は公募（こうぼ）……抽選の方で選ばれますか？　それとも、お知り合いを弟子（バンド）になさいますか？」

「抽選でお願いします」

その問いに、ハヤトは即答（そくとう）。

知り合いが少ないハヤトが後者を選んだところで、誰も弟子（バンド）にできずに終わるだけである。

「分かりました。公募で登録しておきますね」

「咲さん、弟子（バンド）ってどれくらいの期間で決まるんですか？」

「抽選でしたら、一週間から一ヶ月くらいが普通ですね」

「結構、幅がありますね」

「早いと一日で決まったりするんですけどね。抽選は弟子になる探索者の方の返事がないと、成立しないですから」

咲はそう言って、にっこり笑うと……そのまま、ハヤトの後ろに視線をずらした。

「シオリさんも攻略ですか？」

「……シオリ？」

ハヤトは弾かれたように背後を振り向くと、そこには気配なく立っているシオリがいて、

「ふへッ⁉」

思わずハヤトの口から変な声が漏れる。

「ハヤト、いた」

しかし、一方のシオリは無表情のまま。

「し、シオリ⁉　お前、なんでここに！」

「今日はハヤトのAランク昇格があると聞いた」

「……それで？」

「一緒に、ダンジョンに潜ろうと思って」

　文章としてつながっていそうで微妙につながっていない日本語を投げかけられたハヤトは長年のシオリ対策術を駆使して、彼女を追い払おうと決意。

「いや、いい。俺は俺の力でダンジョンを攻略する」

「でも、ハヤトが前線に潜るのは久しぶり。危険」

「なんでお前がそれを知ってんだよ」

「聞いた」

「誰に？」

「ＳＮＳで、みんなに」

「？？？？？？」

　俺のセキュリティーはどうなってるの？

《プライバシーって言いたいのか？》

（それ！）

　ヘキサの呆れ気味の突っ込みにハヤトが返す。

「危険でも、自分で攻略しないと力がつかないだろ」

「でも、私は24階層の階層主部屋までの最短経路を知ってる。一緒に攻略してくれるなら、教えてあげる」

「マジ？」

「本当」

「……ぐぬぬ」

ハヤトの最終目標は、残る十一ヶ月以内に七ヵ国のダンジョンを全て攻略することだ。だから最下層までの過程を素早く突破するに越したことはない。越したことはないのだが、シオリと一緒に攻略はしたくない。

（どう思う？　ヘキサ）

《私は苦汁をなめても良いと思うがな。話せば分かるタイプの人間だろう？》

（は？　誰が？）

《シオリだが》

（こいつのどこが話せば分かるんだよ）

ハヤトの言葉にヘキサは肩をすくめた。

《冗談はさておいて、24階層を今日中に攻略できるというのは大きなメリットだと私は思うが。これまでの遅れを一気に取り戻せる。それを踏まえて、最後はお前が決めろ。ハヤト》

（……そうだな）

ハヤトは大きく息を吐(は)くと、シオリを指さした。

「じゃあ、これと一緒に攻略します」

「バディで潜るということですね。あと、ハヤトさん。女の子をこれ呼ばわりしてはだめですよ？」

『めっ！』と言わんばかりに、人差し指を立てる咲。可愛い。

「構わない。認知(にんち)してもらうことが大切」

シオリはシオリで前向きである。

しかも、心なしか上機嫌(じょうきげん)に見えて仕方がない。

《一緒に潜れるからテンションがあがってるとか？》

（やめろよ、そういうこと言うの）

完全に他人事(ひとごと)だと思って、へらへら笑っているヘキサを横目に二人は『転移の間』に向かう。

シオリと一緒に攻略するのは二年ぶりだ。思わずハヤトは昔のことを思い出して……思わず、げんなり。これ以上、攻略に対するモチベーションを落とすわけにはいかないので、ハヤトは気分を入れ替(か)えるつもりで、シオリに話題を振(ふ)った。

「そういえば、お前はどこまで攻略したんだ？」

「26。今は27の途中」

「ちゃんと、前線攻略者やってんだな」

「大丈夫。ハヤトもすぐに戻ってこられる。だって、３階層から一ヶ月で24階層まで来られたんだから」

「……そうだな」

「だから、私とハヤトが結婚して、世界初の前線攻略者夫婦になる」

「はい？」

今、『だから』で繋がる日本語だったか？

「ハヤトが私の夢に共感してくれたみたいで嬉しい」

「今の『はい』は疑問なんだが？」

シオリに突っ込みながらも、ハヤトの心の中にはすでに暗雲が立ちこめていた。

……これ、本当に無事に攻略できるんだろうか。いや、シオリと潜るんだったら攻略できないことはないけど……。

《どうせだったら、シオリの攻略を参考にしたらどうだ？　お前と同じで単独探索者なんだろ？》

（こいつの攻略は全くもって参考にならんッ！）

《そう言うな。二年前ならまだしも、今なら新しい発見があるかも知れない。そうだろ?》

(どうだろうな)

ハヤトは肩をすくめると、渋々『転移の宝珠』に手を伸ばして、心の中で24階層と念じた。

わずかに光が爆ぜると、またたく間に彼らは24階層……『美術館』エリアに転移。出迎えてくるのは、ダンジョンに似つかわしくない人工の灯り。とは言っても、人が設置したわけではない。ダンジョンの中に、元から生成されているものだ。

その不気味さ、アンバランスさにハヤトはぞっとするものを覚えて身体をわずかに震わせた。

「寒いの?」

「気にすんな」

「分かった」

短い会話を済ませると、シオリが先導。地図も見ずに先に先にと進んでいく。

「流石だな」

「物覚えがいいから」

物覚えがいい、という言葉では済ませないほど、シオリの記憶力は並みはずれている……と、ハヤトは思っている。思っているが、それを言うとシオリを褒めているみたいになるので黙り込んだ。

「ハヤトは戦ったことがあるかどうか分からないけど、この階層にいるモンスターは特殊」

「特殊？　何が特殊なんだ？」

「芸術に関連するモンスターしか出てこない」

「芸術に関連するモンスター……？」

何だその意味の分からない言葉は……と、ハヤトが困っていると、目の前に現れたのは象……に、似たモンスターだった。

だが、明らかにそれは象ではない。まず、身体が細い。幅がわずか二メートルしかない回廊に合わせるように、細長い胴体をしている。そして、足もびっくりするくらいに細い。まるでキリンの足のようにも見える。だが、身体と鼻は明らかに象のそれである。

「なにこれ」

「宇宙象」

「宇宙要素は？」

ハヤトがそう聞いた瞬間、シオリの手元が煌めいた。

そして、遅れて象の足が四本纏めて断たれると、ついでと言わんばかりに身体も真っ二つに裂(さ)けた。

「このモンスターはダリの描(えが)いた絵画に登場する『宇宙象』という象に似ているからその名前がつけられた。宇宙要素があるわけじゃない」

「だ、ダリ……？」

「サルバドール・ダリ。スペインの画家」

「はぇ……」

絵画なんて生まれてこの方、興味を持ったことがないジャンルの一つである。ハヤトはシオリの解説を聞きながら、感嘆(かんたん)の声を漏(も)らした。

「あれ？　でも、そんな特定の画家が描いたモンスターがなんでダンジョンに出てきてんだ？」

「『宇宙象』は別にモンスターじゃない……。でも、それを言うなら、ゴブリンだって、スライムだって、元は人が考えた御伽噺(ファンタジー)のモンスター。それがダンジョンにいるのは、おかしい」

「う、うーん……」

そう言われたハヤトは黙り込んだ。

それは間違いだ。

ゴブリンやスライムは、この世界に存在している。彼らを〝外〟で見ないのは『魔祓い』や『エクソシスト』などの退魔師たちが人の目につかないように人知れず祓っているからだ。

モンスターだけではない。魔法使い、超能力者、呪術師といった『異能』を持つ人間も確かにこの世界に存在している。順序が逆なのだ。御伽噺を模して、異能やモンスターがいるのではない。異能やモンスターがいたから、御伽噺が生まれたのだ。

という話を、ハヤトは『天原』にいたときにアホみたいに聞かされていた。

「どうしたの？　ハヤト」

「いや、なんでもない」

だが、それらの存在は徹底して一般人には伏せておくのだ。余計な混乱を生まないように。余計な争いを生まないように。

無論、既に家から追放されている彼の立場からすれば、別にシオリに対して現実世界にいるモンスターのことを隠しておく必要はない。だが、説明に時間がかかる上に話したところでシオリに信じてもらえる気がしなかったので言わなかった。

「ん？　じゃあ、あれもなんかの絵画に出てくるモンスターなのか？」

ハヤトがふと指をさすと、そこにいたのは首のない人型のモンスター。

まず目を引くのはモンスターの輝(かがや)かしい肉体美だろう。思わず息をのんでしまうほどの筋肉。魅(み)せ筋(きん)として、筋トレを小馬鹿(こばか)にしていたハヤトですらも、これには自然と目を惹(ひ)かれてしまう。

「違(ちが)う。あれは『紫鉄貝(シテツガイ)』」

「なんだそれ」

もしかして貝の要素はあの股間(こかん)についているパンツ代わりのホタテ貝から来ているのだろうか？

「この階層に登場する、唯一芸術に関連しないモンスター。自分の筋肉を褒められるまで探索者を追いかけ続ける」

「え、なにそれ？」

「探索者を捕まえたら最後、あの筋肉で頭を挟んで潰しにくる」

「なにそれッ⁉」

さらっと語られるモンスターのトンデモ習性に、ハヤトの視線はモンスターとシオリを行ったり来たり。

「それと、あの筋肉には物理攻撃(こうげき)が通用しない」

「物理攻撃が通用しない？　剣(けん)で斬(き)っても意味がないってことか？」

『禁忌の牛頭鬼』ですらスキルの力で物理攻撃の強さをカットしていたのに、それすら通用しないとは一体どんなモンスターなんだ……ッ！

「こういうのは、逃げるが勝ち」

ハヤトが唖然としていると、シオリはそう言ってハヤトの手を引いて駆け出した。

だが、それを感知した『紫鉄貝』は、ぐぐ……っ、と筋肉からまるで重機のような音を鳴らしてクラウチングスタートの構えを取ると——地面を蹴って飛び出したッ！

「お、おいおい！　こっち来てんぞッ！」

「このまま階層主部屋に入る」

「それ間に合うんだろうなッ!?」

ハヤトは【スキルインストール】が、魔法系のスキルをインストールするのを待ったが、何もインストールしない。

おいッ！　仕事しろッ！

だが、【スキルインストール】は受動系スキル。ハヤトが何を願ったところで、スキルがインストールされるわけではないのだ。

迷路のようになっている階層を右に左にとシオリの後を追いかけていたハヤトだったが、目の前を走っていたシオリがふと足を止めた。

「シオリッ⁉」

「不味いことになった」

「どうした」

「誰かが『階層主部屋』に入ってる」

階層主部屋は先に他の探索者が入っていると、扉が閉じられて中に入れなくなる。

扉が開くのは、先に入っている探索者たちが階層主モンスターを倒すか、逃げ出すか、それとも全滅するかだ。

「ここで倒すか？」

物理攻撃が通用しないと言っても、足止めくらいはできるだろう。そう思ってハヤトは構えたが、そのとき隣に立っていたヘキサが涼しい顔で短くアドバイス。

《筋肉を褒めろ》

（はぁ？　いきなりどうしたんだ）

《シオリが言っていただろ？　こいつは筋肉を褒めたら止まると》

そういえばそんなことを言っていたような気がする。

しかし、筋肉を褒めるってのはどうやれば良いのか。知識がないハヤトは逡巡。だが、後方は行き止まり、前方は紫鉄貝が占拠している。まさに前門の虎、後門の狼。

……やるしかねぇッ！

「い、良い筋肉だっ！」

果たしてその言葉で、こちらに迫ってきていた紫鉄貝の動きが止まった。

「ナイスバルク！」

だが、ハヤトの応援では足りないのかわずかに紫鉄貝が動いた。

《足りない。まだだ！　まだ褒めろッ！》

「でかいよ！　筋肉がでかすぎて富士山みたいだよ！」

ハヤトの声援に応えるように、紫鉄貝がポージング。最も筋肉が美しく見える角度を探るように紫鉄貝はポージングを繰り返す。

《良いぞ、お前上手いな！》

「そんなに絞って、雑巾と見分けが付かないよ！」

その瞬間、ポージングをしていた紫鉄貝の胸筋がぴくりと動く。

《馬鹿！　褒めろ！》

（い、今のダメか？）

《雑巾が褒め言葉になるかッ！》

ヘキサの正論に押されるようにハヤトは言葉を選んだ。

「肩がでかすぎて重機みたいだよッ！」

「ハヤト、開いた」

「凄（すご）い太ももだな！　中に子供でもいんのかいッ！」

「ハヤト、開いたって」

「ん？　お、おう。行くか」

どうやら、階層主（ボス）部屋の中にいた探索者たちは無事に攻略できたみたいで、気がつけばハヤトの後ろにどんとそびえていた石の扉が開いていた。

未（いま）だにポージングをしたままの紫鉄貝を馬鹿だなぁとハヤトが見ていると、唐突（とうとつ）にヘキサが叫（さけ）んだ。

《あッ！　そういうことか！》

（どうしたんだ？）

《なんでこいつが『美術館』エリアにいたのか。いま分かったッ！　聞いて驚（おどろ）くなよ、ハヤト》

ヘキサはもったいぶったように構えると、

《鍛（きた）え上げられた筋肉は、芸術なんだ》

（お前、何言ってんの？）

ハヤトは呆れながら24階層の階層主部屋に踏み込んだ。刹那、音を立てて扉が閉まると、二人の探索者が部屋の中に閉じ込められた。

部屋の中を見渡すと、そこにあったのは……真っ白な一枚のキャンバス。その中心にはたった一つ、黒い丸が記されている。

「あれが階層主か？」

「うん。『失意の絵描き』。……来る」

刹那、黒い丸はぬるりとキャンバスから這い出て、人型へと変化。そして、変化とともに出現した漆黒の絵筆を勢いよく振るった。

その瞬間、二人の周囲を覆うのは二十枚の新しいキャンバス。そこには見覚えのあるモンスターたちが描かれていて、

「……そういうことか」

いち早く状況を理解したハヤトが漏らすと、シオリは無言で頷く。

『ＨＹＡＡＡＡ！！！』

失意の絵描きがそう叫んだ瞬間、キャンバスに描かれていたモンスターたちが一斉に絵画から飛び出したッ！

スライムが、ゴブリンが、ゴブリン・ソーサラーが、ゴブリン・ファイターが、レッサ

ーワイバーンが、オールド・バッドが。そして最後に飛び出してきたのが、

『RoooOOOOO!!』

「サンドリキッド・ゴーレムまでいんのかよッ！」

20階層の階層主モンスターが登場。そして、失意の絵描きは慇懃無礼にお辞儀をすると、
どぷんと地面に溶け込んだ。

「消えたぞ」

「ここにいるモンスターを全部倒せばもう一回出てくる」

「面倒だな」

〝【颱の調べ】【身体強化Lv3】【鎌鼬】をインストールします〟

〝インストール完了〟

そして、ようやく【スキルインストール】が働いた。

「私が周りの雑魚をやるから、ハヤトは本体を叩いて」

「良いのか？　美味しいところ貰っても」

「そっちの方がやりやすい、から」

そう言いながら、シオリは腰にさしていた日本刀を引き抜いた。

それはダンジョンより生みだされた魔剣。いや、妖刀と言うべきか。

「哭いて、雪影」

銘は雪影。戮刀『雪影』である。

光すらも斬り刻む妖刀は、その白銀の刀身からわずかに虹の散乱光を撒き散らすと、
イィィイイインンンッッッツツ!!

馬鹿に甲高い音をかき鳴らして、周囲にいた全てのモンスターを薙ぎ払うッ！

その瞬間、周囲を取り囲んでいたモンスターたちが全滅した。

《……冗談だろ？》

周囲にいた二十体のモンスターたちの上半身と下半身が見事に断たれ、サンドリキッド・ゴーレムに至ってはご丁寧に〝核〟まで破壊されて砂に戻っていく。

（そうか。ヘキサはシオリが戦うところを見るのは初めてか）

《日本２位というのは聞いていたが、まさかここまでとは……》

ヘキサが唖然とするのには理由がある。

二十体というモンスターの数は確かに多い。だが、これだけの範囲をまとめて薙ぎ払うくらいはスキルを使えば前線攻略者であれば誰でも可能だ。

そう、スキルを使えば。

真に恐るべきはこの一撃が、彼女のただの抜刀……身体能力によってもたらされたとい

うこと。つまるところ、『スキル』を使っていない一撃だということだ。

（言っただろ？　参考にならないって）

世の中には天才と呼ばれる人間がいる。彼女もまた、その一人というだけのこと。

（これで〝覚醒〟スキルまで持ってるんだ。才能って、残酷だよな）

彼女は一般人だ。ハヤトのように幼い頃から戦闘技術を叩き込まれたわけではない。モンスターとの戦い方を教えられたわけではない。けれど、人が誰にも教えてもらわなくても手足を動かせるように、呼吸ができるように、モンスターを狩ることができる。

それが藍原シオリ。『世界探索者ランキング』日本2位の女傑である。

「ハヤト、出てくる」

「分かってんよ」

陰から飛び出してきた失意の絵描きは再びキャンバスを展開。しかし、ハヤトはモンスターに照準を合わせると、手にしていた長剣を真横に薙ぎ払った。

「翔べッ！」

ハヤトの叫びに応じるように長剣から【鎌鼬】の斬撃が飛んだッ！

ヒュパッ！　と、音を立てて失意の絵描きの右足を断つ。わずかに遅れてハヤトは地面を蹴った。

【鎌鼬】は斬撃を飛ばして攻撃できる遠距離攻撃スキルではあるが、直線にしか飛ばないという弱点がある。だから、一度見極められると簡単に回避される。

ハヤトが失意の絵描きにたどり着くまでの時間はわずか二秒。だが、その瞬間に失意の絵描きは筆を振るった。遅れて、先程と同数のモンスターが出現して雨のように落下ッ！

「ハヤトっ！」

モンスターたちがハヤトめがけて武器を振り上げると同時に、ハヤトは長剣を手放した。

ハヤトの武器が黒い霧となって散ると、その中に出現したのは蒼い槍。

「吹き荒れろッ！」

使い慣れているそれを手に、【颱の調べ】を発動。ハヤトの身体がスキルによって強制的に動いて、周囲にいたモンスターたちを切り刻むッ！

そして、それには地面に隠れようとしていた失意の絵描きも巻き込んだ。

槍からは、モンスターの肉体を捉えた明確な手応え。肉をえぐり取った衝撃が両腕に重く伝わると同時に、失意の絵描きは絶命。黒い霧になって消え去った。

「よし！」

「何もよくない。危ない」

「別に良いだろ？　倒したんだから」

　ハヤトはそう言うと、ドロップした小瓶を見た。中には透明な液体が半分ほど入っており、一見すると水のようで。

「なんだこれ？」

「見てみる」

　シオリはポーチからスマホを取り出すと、探索アプリでアイテムを画像検索。

　あまりポーチを開け閉めしたくないからとハヤトに攻略本で調べるように指示してきたどっかの誰かとは大違いだ。

「検索に引っかからない。これは、新しいアイテム」

「マジか。運いいな」

　ハヤトはそう言いながらちらりとヘキサを見た。前にもこれと同じ流れで、状態保存珠を手にしたことがあるので、今回も彼女だったら知っているんじゃないかと思ったのだが、彼女は肩をすくめた。ヘキサも知らないのか。

「ギルドに鑑定依頼でも出しておくか」

「鑑定代は、高い」

　ハヤトの金銭事情を知っているシオリはわずかに眉をひそめた。

「大丈夫だ。今度６０００万円入ってくるから」

「税金は？」

「ぜ、税金……？」

税金ってなに……？

「何もしてないと、来年は半分以上持っていかれる」

「だ、だとしても！　鑑定代は払えるくらい入ってくるから大丈夫なの！」

本当は６０００万ではなく２億近く入ってくるのだが、ドル円計算ができない馬鹿は勘違いしたままである。

「というか、来年は半分以上持っていかれるのか……。俺のお金……」

「ハヤト、そんなにお金を稼いでどうするの。普通に暮らすだけなら、そんなに必要ない」

「ん？　決まってるだろ？　素敵なキャンパスライフを送るんだ」

《……それマジの夢だったのか？》

一応、ハヤトの記憶を見ているヘキサは彼がそういう夢を持っていることは知っていたものの、彼が全くもって口にしなかったので冗談だと思っていたのだが、

「じゃあ、高認試験を受けるの？」

「高認ってなんだ？」

「……うん。後でじっくり教えてあげる」

「ええ？　別にいいよ」

ハヤトは小瓶を拾い上げてポーチに入れると、シオリとともに25階層に向かう。とは言っても、25階層の攻略をするわけではない。次に転移するときに25階層に飛べるように、階層を踏みに向かっただけである。

　だから、彼らはすぐにギルドに帰還。手に入れたアイテムを売却するために、ハヤトはポーチから小瓶を取り出してカウンターに置いた。

「これの鑑定をお願いします」

「鑑定料をいただきますが、大丈夫ですか？」

　咲の言葉にハヤトは頷く。今までだったら、支払えずにギルドに安値で売り払うだけだっただろうが今は違う。鑑定代くらいは稼げているのだ。ちなみにアイテムの鑑定料は３００００円～５０００００円と幅があり、今までのハヤトには逆立ちしたって払えない金額である。

「明日までには鑑定結果が出ると思います。楽しみにしててくださいね、ハヤトさん」

　咲はそう言ってにっこり笑うと、他のモンスターたちの素材を買い取った。

　全て合わせて10万円に届かないほど。今日戦ったのはモンスター二体と、階層主モンスターだけだが、それだけで驚くべき金額に届く。探索者になろうとする人間が後を絶たないわけである。

（よし、帰るか）

《シオリの売買が終わっていないみたいだが》

（馬鹿！　終わってないから今のうちに帰るんだよ！）

言うが早いかハヤトはギルドを後にした。

外に出るとすっかり日が暮れており、煌々とした人工の灯りとわずかに冷たい夜風が身体を包み込む。

（エリナが待ってるから、早く帰ろう）

ハヤトはぼろぼろの自転車を取りに駐輪場に向かうと、一台しか停まっていない駐輪場に人影が見えた。

「……ん？」

ハヤトの自転車に腰掛けて、膝の上に乗せた黒猫を撫でている不思議な少女。絵本に出てくる魔女のような大きな帽子をかぶり、とても長い白の髪がギルドから漏れる白い光に反射して、煌めいて見えた。

（……誰だろう？）

見たことがない容姿。見たことがない顔。

それよりも不思議なのは、自分の自転車の上に座って猫を撫でていることだった。

「……あの」

しかし、少女に話しかけないと帰れないハヤトが意を決して少女に話しかけると、彼女の膝の上にいた猫がぱっと逃げ出した。撫でるものを失った少女が顔をあげると、赤い瞳がハヤトを捕まえた。

「……何？」

不機嫌という感情を削りだしたような声。

表情も無表情に近いものだったが、それでも可愛いと思ってしまえるのだから、彼女は相当に可愛いのだろうと、ハヤトは思った。

「それ、俺の自転車なんだけど……」

「……ごめんなさい。ここに捨てられてるのかと、思った」

「す、捨て……」

「……誰も、いなかったから」

少女は頭を下げると、ハヤトの自転車から下りる。

いや、確かにその自転車はボロいけどね？　ギルドまで自転車で来る人は少ないから、ここが駐輪場だって思えないのも分かるけどね？

《だから自転車新しいの買えって》

（大家さんからの借り物だし……）

《なら返せば良いだろう》

正論パンチを食らったハヤトは分が悪いと判断。目の前の少女に向き直った。

「誰か待ってるの？」

「違う」

ふるふると、少女は首を横に振ると、

「ここに来れば、探索者になれるって、聞いた。でも、なり方が分かんなくて」

「あぁ、そういうことか。探索者の登録はこっちでやるんだよ」

探索者になるには受付で申請を行えば良いだけなのだが、ギルドに足を踏み入れたことがない初心者には、ハードルが高いのだろう。

ハヤトは彼女を連れて再びギルドに舞い戻ると、咲の下まで少女を案内した。

「あら。どうされました、ハヤトさん。忘れ物ですか？」

「咲さん、この子が探索者になりたいって言ってて」

ハヤトはそう言って少女を紹介。

咲は大きな帽子の下に潜む顔を見るためにカウンターからわずかに身を乗りだした。

「探索者登録ですか？　はい、承りますよ。身分証明書はお持ちですか？」

少女が咲の言葉にこくりと頷く。後は受付嬢に任せれば良いだろう。

不思議な子だったなぁ、と思いながらハヤトが再びギルドを後にしようとすると、その腕をシオリががっしりと掴んだ。

「ハヤト、捕まえた」

「捕まえるな。俺は帰りたいんだが」

「こっち」

ハヤトの返答をシオリはガン無視。そのままハヤトの腕を強く引いた。

「俺は家に帰りたいんだが？？」

「こっち」

だが、シオリは強引にハヤトの腕を引き続ける。

……だ、ダメだ。こうなったら、こいつはテコでも動かねぇ……ッ！

いつにもまして強引なシオリにハヤトは諦めの境地に達し、シオリに身を任せた。彼女はギルドから出てすぐのところに停まっているタクシーにハヤトを押し込んで、その隣に座った。

「駅前まで」

「かしこまりましたー」

初老のタクシー運転手はそう言って、アクセルを踏んだ。

「なぁ、俺の自転車が」

「明日取りに来ればいい。どうせダンジョンに潜るんだから」

ぐうの音も出ないシオリの言い分に、しかしハヤトは別ルートで反論。

「というか、俺は家にエリナがいるから連絡を……」

「なんのためのスマホ？」

「……ぐう」

今度は文字通り何も言えず、ハヤトはスマホを取り出してエリナに『ちょっと帰るの遅れるかも』と送信。

すると、一秒足らずで既読がついて『ＯＫ』のプラカードを掲げている変なモンスターのスタンプが返ってきた。

（なにこれ……）

《知らないのか？　最近、ＳＮＳでバズりまくってる漫画の『頑張れテイマーくん』に出てくる、スライムのスラ子だ》

（名前どうにかならねぇの？）

デフォルメされリボンをつけたスライムのスタンプに、ハヤトは苦々しい顔。

　タクシーは大通りを通って繁華街(はんかがい)に向かう。

《生活に必要な店は隣街にあるのに、飲み屋はたくさんあるんだな》

　街並みを見たヘキサは駅前のアンバランスさに眉をひそめた。

（日本は神話に出てくる神様たちですら酒を飲んでるからな。民族的に酒が大好きなんだろ）

《ギリシャ神話の神々も酒を飲んでないか？　神酒(ネクター)とか》

（他の国の神話はよく知らないの！）

　ヘキサの指摘(してき)にハヤトが逆ギレすると同時に、タクシーが停止。

　シオリが探索者証(ライセンス)で運賃を支払っている間に、車から下りた。

《レディに支払いをさせるのか？》

（シオリがどんだけ稼いでると思ってるんだ）

　一流探索者であるうえに、数多くのＣＭに出演しており、さらに自分でアパレルをやってるとかやってないとか。雑に片付けてしまうと、彼女は金持ちなのだ。

「ハヤト、こっち」

　シオリに先導されるように、ハヤトが彼女の後ろを歩くと……衆目を集める。それはハヤトにではない。シオリにだ。

《人気だな》

（顔は良いからな。性格は終わってるが）

《私はお似合いだと思うぞ》

（は？）

そんなやり取りをハヤトがしているなど気がつくはずのないシオリが足を運んだのは焼肉屋だった。

「……焼肉？」

「お兄様！　お待ちしておりました！」

店の中に入ると、真っ先に出迎えてくれたのは店員ではなくエリナ。

「え？　なんでエリナがここにいんの？」

「さぁ、こっちですよ。こっちこっち」

そんなハヤトに何も言わせず、エリナはその小さい手でハヤトの腕を引いて個室に案内。

「遅(おそ)いわよ、ハヤト」

「え？　ユイまで⁉」

個室の中に入るとスマホを触(さわ)っていたユイが顔をあげた。

「なんでいんの？」

「なんでとは失礼ね。こっちは忙しいのに、アンタのためを思ってなんとかスケジュールをやりくりして」

「え、でもユイ様の返信が一番早かったですよ？」

「余計なことは言わないで良いの！」

エリナがユイに小言を言われている横で、

「本当は二人きりが良かった。でも、ユイがどうしてもって言うから」

最後に個室に入ってきたシオリがそう言った。

「二人きり？　何の話だ？」

「はぁ……。ハヤトって鈍いと思ってたけど、まさかここまで鈍いとはね」

ユイは呆れたように「やれやれ」と肩をすくめると微笑んだ。

「決まってるでしょ、アンタがAランクになったのを祝いに来たのよ！」

ユイがそう言った瞬間、エリナがパチパチと明るく拍手しはじめた。

「Aランク昇格おめでとうございます！」

「おめでとう、ハヤト」

三人の少女たちから祝われて、思わずハヤトは目をぱちくりさせた。

「まさか、私よりも早くAランクになるなんて思ってなかったけど。でも、ハヤトの功績を考えたら当然よね。『ヴィクトリア』と『戦乙女's』を壊滅させたモンスターを倒したんだから」

「お兄様は一ヶ月で前線攻略者になるという目標を立てられ、それを達成されました。並大抵のことではありません！　間違いなく、お兄様のひたむきな努力があったからこそです！」

「またこれで、ハヤトと一緒に攻略できる」

そして、祝辞を投げかけられたハヤトはしばらく硬直すると……。

「大丈夫ですか!?　お兄様！」

「ど、どうしちゃったのよ？」

頬に、一つの涙を伝わせた。

「な、何でもない！　ちょっと目にゴミが入っちゃっただけで……」

そう言って誤魔化すハヤトだったが、涙はゆっくりと彼の両頬を伝っていく。

「ハヤト」

「……なんだよ」

「感情は、表すためにある」

「……お前がそれを言うのかよ」

いつも無表情なシオリに言われて、ハヤトは苦笑。

そんな彼女の言葉に動かされるように三人に向き合った。

「ありがとな、三人とも。俺……こうやって、誰かに祝われたのが、初めてでさ。誕生日とかも、父親から『なんでまだ生きてるんだ』とか言われてさ」

そして、少しずつ内心を吐き出した。

「何やっても褒められたことがなくて、祝われたことがなくて。でも、こうして、祝ってもらえて……俺、すげぇ嬉しいよ。生きててよかったって……思えた。ありがとう。本当に……」

「そりゃ嬉しいに決まってるでしょ！　なんてったって私が祝ってあげてるんだから！」

ユイは重くなりはじめた空気をたった一言で打ち払うと、とびっきりの笑みを浮かべた。

「じゃあたくさん食べましょ！　お肉を食べて元気が出ないやつはいないわよ！」

そんなユイの気遣いを察知してエリナが店員を呼ぶチャイムを押す。

その瞬間に、ハヤトはちらりとヘキサを見た。

（知ってたんだな、このこと）

《サプライズは黙っておくに限るだろ？》

（……ありがとな）

《良いってことさ》

その感謝の言葉に、言葉以上のものが込められていることが分からないほどヘキサは愚かではない。それでも、彼女はただ笑ってそれを受け止めた。

そして、これ以上重たい空気が漂わないように彼も涙を拭うと気持ちを入れ替えた。

「いやぁ！　俺、焼肉って食べたことないからさ！　楽しみだ！」

「嘘でしょ？」

思わずユイがツッコんだ。

「お兄様の場合は本当です」

「安心して良い。私が、ハヤトに手取り足取り教えてあげる」

「そんなに難しいの？」

焼肉のことなんて一つも知らないハヤトは、やってきた店員にユイとシオリが注文しているのを横目にメニューを眺める。

（どれがどれだかさっぱり分からん……）

《こういうのは周りに任せておくのが一番だ》

（そうするか）

ハヤトはメニューを閉じると、視線をあげた。

すると、その先では向かい合った少女たちが言い合っており、

「え、藍原さんってタンに何もつけないの？」

「つけないわけじゃない。レモンをかける」

「タンはタレでしょ」

「レモンの方がくどくない」

「焼肉に来て、くどさを求めないんて……」

この二人はスマホのときといい、今の言い合いといい、意見のすりあわせというのができないんだろうか。と、ハヤトが眺めていると店員が肉を運んできた。

「……え、生じゃん」

まさか肉が生で運ばれてくるとは思わなかったハヤトはその光景にドン引き。

「お兄様、焼肉は生のお肉を自分で焼くんですよ」

「本当に焼肉来たことないの？　ガチなの？」

「ハヤトのお肉は、私が取り分ける」

そんなハヤトにただ一人だけ優しく教えてくれるエリナ。

やっぱりエリナが一番だな！

《お前がロリ巨乳好きなだけだろ》

（今は関係ないだろッ！）

網（あみ）の上にお肉が載せられ、焼かれ始めるといい匂（にお）いが部屋の中に満ちていく。ハヤトがどうしたら良いかも分からず、それを眺めていると、取り皿の上に肉が載せられた。

「え？　もう焼けたの？」

「タンは薄（うす）いから、すぐに焼ける」

「物知りだな」

「……ありがと」

ハヤトに褒められたが、流石（さすが）にこんなことで褒められるとは思っていなかったシオリは閉口しながらもなんとか感謝の言葉を口にする。

（……お皿にタレが三種類ある）

《自由につけて食べて良いんだぞ？》

（ここは天国かよ……ッ！）

ハヤトはそう返して、真ん中に注がれていた焼肉のタレにタンをつけて口に入れた。

「うまっ⁉」

「それは良かったです。どんどん焼くのでたくさん食べてくださいね！」

エリナはそう言うと、素早く肉を網の上に載せていく。

「もっと追加で頼みましょ」

「そうですね、ユイ様。注文を任せてもよろしいですか？」

「任せなさい！」

そう言ってユイはメニューを見ながら店員を呼んだ。

「ご注文をお伺いいたします」

やってきたのは先ほどと同じ店員。女の子で、背はエリナと変わらないくらい低い。彼女は端末を取り出して、シオリとユイの注文を打ち込んでいく。

(俺もここでバイトすればよかったな)

《何故だ？》

(だって、中学生でもバイトできるんだろ？)

《何を言ってるんだ？　中学生が飲食店でアルバイトできるわけないだろ》

(でも、あの店員さん。中学生だろ？)

《……ん？》

ハヤトはあまりジロジロ見ても失礼だと思って、肉に集中しているフリをしながらそう言った。

《流石に高校生とかだろ？　背が低いから中学生に見えるだけだ》

（いや、歩く速度が違った。年齢的に13歳から14歳の速度だ）

ヘキサはぱちりと瞬きすると、

《きも……》

（キモくないだろッ！　真面目な話だッ！）

《いや、歩く速度から年齢を特定するのは流石に気持ち悪いぞ。それに、歩幅も関係するだろう。身長が低いからじゃないのか》

（うーん、どうだろ？　久しぶりに年齢測定したからミスってる可能性はあるが……）

ハヤトが肉を食い終わって顔をあげると、少女はユイとシオリを見比べるように視線を行ったり来たりさせていた。

「あ、あの！　お、お姉さんって、いつもディスプレイに映ってる方ですか？」

そして、開口一番シオリに向かってそう尋ねた。

ディスプレイってなんだ？

と、ハヤトが首を傾げていると、シオリは肉を網に置いて頷いた。

「うん。そう。『日本探索者支援機構』の宣伝やってるから」

そして、少女はそのままユイに視線を移す。

「あ、アイドルの方ですよね⁉　ディスプレイで見ました！」

「よく知ってるわね！　私はユイ。花園ユイよ！」

へー、こいつの名字って花園って言うんだ。どっかで聞いたことあんな。

《久我の推しアイドルじゃなかったか》

（趣味悪いなぁ）

《お前、失礼だぞ》

（どっちにだよ）

《失礼の自覚はあったんだな》

ヘキサとハヤトのやりとりに気がつくはずないユイは、そのまま少女に尋ねた。

「ディスプレイってどれのこと？　テレビでもスマホでもなくて？」

「は、はい！　駅前に大きなディスプレイがあるじゃないですか！　私、テレビもスマホも持っていないので、いつもあれを見てるんです」

「あれ見てる人いたんだ……」

ユイが静かに驚愕。その対角にいたハヤトは箸を置くと、視線を少女に移した。

店の制服……白いシャツに黒いエプロンの胸元には『澪』と可愛らしく書かれた名札がある。だが、ハヤトが見たのはそこではない。

異様にやせ細った腕。そして、貧血にも見えるわずかに青白い顔。服も最小サイズなのだろうが、それでもオーバーな印象はぬぐえず、服の下にある身体も細いことが窺える。年頃の少女がダイエットなどで細くなることはあるが、ここまでにはならない。

だが、ハヤトは知っている。彼女の病状を。

（……嫌になってくんな）

《何がだ？》

（何もできない自分が、だよ）

彼女は、栄養失調だ。

つい一ヶ月前まで、彼女と同じ状態だったハヤトは強く歯噛みする。

飽食の日本で栄養失調になることは、はっきりいって珍しい。だが、存在しないわけではない。

（昔の俺と、そっくりだ）

現代の日本には、相対的貧困層に分類される人たちが15％の割合で存在していると言われている。ハヤトの場合は衣食に困っていた絶対的貧困層なので厳密にいえばこの分類には当てはまらないのだが、それでも障害、病気、学歴、その他の様々な理由で満足な収入を得られない人が七、八人に一人の割合で存在している。

何より問題なのは、貧困層に子供がいる場合だ。

彼らは満足のいく教育を受けられず、高度にデジタル化した社会では情報に触れる機会すらも奪われる。だから、社会から孤立し、闇の中に消えていく。いや、消し去られていく。かつては、それを見ることができた。衣服や栄養状態などで、判別することができた。

だが、今は違う。

安価で購入できるファストフード、ファストファッションがそれらをかき消した。それに追い打ちをかけるようにスマホなどの高価な製品の所有率があがっており、良くも悪くも周囲との差をかき消す。たとえそれらが、子供に孤立してほしくないからという親の純粋な思いで渡されていたとしても、不幸なことに子供の貧困を覆い隠してしまうのだ。

そして、そんな彼女に対してハヤトができることは何もない。

たった一人を助けたところで、全国に数百万、数千万といる貧困層全てをハヤトがすくい上げることなどできるはずがない。

「ここにいらっしゃる方は皆さん探索者なんですか？」

「私は違いますよ」

エリナが手をあげて答える。

少女の視線がハヤトに向かう。

「俺は探索者だな」

「そ、こいつがAランクになったからそのお祝い。初めて焼肉に来たって言ってるの」

「は、初めて焼肉に⁉　探索者なのにですか⁉」

少女に驚愕されるハヤト。

別に良いだろ、初めてでも！

「あぁ、まぁな。探索者っても、Aランクになるまで俺はぎりぎりの生活だったたし……」

「そ、そうなんですか？　探索者って言えば、たくさんお金を稼いでいる印象があったんですけど」

「他の探索者はな。俺は防具も買えなかったからずっと同じ防具使いまわしてたし、武器も同じのを使ってたよ。それに、学歴も中卒だしな」

「え？　そうなんですか？」

「高校の入学費払えなくて」

そう言ってハヤトが笑うと、澪はわずかに思案するように顔を伏せた。

「あ、あの！　探索者さん」

「ハヤトだ」

「ハヤトさんって、Aランク探索者なんですよね？」

「今日、Aランクになったばかりだけどな」

「あの……その……」

少女の顔には思案が浮かび続けている。

どうしたんだろう？　逆ナンかな？

《その可能性は最初に捨てるべきだろ》

（なんだとッ⁉）

未(いま)だに悩(なや)み続ける少女に、ハヤトたちが疑問の目を向けていると……彼女は、ついに意を決したように口を開いた。

「私を、弟子(バンド)にしてもらえませんか？」

「弟子(バンド)に？」

ハヤトはわずかに驚(おどろ)いた表情で少女を見た。

焼肉を食べに来て、まさか店員の少女から弟子(バンド)にして欲(ほ)しいなんて言われるとは思っていなかったが……しかし、それにしても順序というものがあるだろう。

彼は一度、落ち着くように呼吸を挟(はさ)むと尋ねた。

「……名前は？」

「朝宮澪(あさみや)です」

「年齢は？」

「じゅうよ……15歳です」

「探索者になるには身分証の提出が必須だから、年齢誤魔化してもバレるわよ」

ユイが短く言うと、個室の店内が小さな静寂に包まれる。

澪は周囲を確認するように部屋の中を見渡すと、声を小さくして答えた。

「……14歳です」

「バイトの許可とってるの？」

ユイの問いかけに、澪はおびえるように首を横に振った。

「あ、あの……このことは……」

「言わないわよ。アンタにも事情があるんでしょ？」

澪はほっとしたように安堵の息を吐く。

《まさか、ハヤトの読みが当たるとはな》

（分かるだろ、普通に）

《お前、ロリコンなの？》

（なんでそうなるんだよ！）

ハヤトはヘキサにツッコむと、会話を続けるユイと澪を横目にシオリに尋ねた。

「……俺たちが探索者になったときって、身分証出したっけ？」

ハヤトは身分証なんて一つも持っていないので、提出が必須であれば探索者にはなれないはずだ。

「私たちのときは、動乱期。制度ができる前。だから、身分証がなくても探索者になれた」

「……なるほどな」

ハヤトは首肯して、澪に視線を戻した。

「それで……どうして、俺の弟子に？」

「お金が、欲しいんです」

当たり前の問いかけに、返ってきたのはありきたりな答え。

「まぁ、探索者は稼げるからな」

ハヤトはそれに頷く。

彼女が貧困層にいるというなら、探索者になって金を稼ぎたいと思うのは当然だろう。

「は、はい。でも……その、探索者になるのはお金がかかるって聞いて。防具も、武器もなしでダンジョンに潜ったら死んじゃうと思って」

澪がぽつりぽつりと語りだすと、シオリが静かに言った。

「ハヤトは、初期の頃、武器も防具も持たずにダンジョンに潜ってた」

「え？　アンタ、そんなことしてたの？」

「だって、お金がなかったから……」

　しかしそれは、決して参考になる話ではない。

「で、でも死にたくないので……。武器も、防具がなくても……誰かの弟子になれば、死なずにお金を稼げるって、思ったんです」

「それは、間違い」

　再び、シオリが水をさした。

「誰かの弟子になった探索者は、たしかに殉職率は下がる。でも、０にはならない。探索者になることは、死の危険が常に付きまとうということ」

「なぁ、シオリ。別に今から脅かさなくても」

「脅してない。数字の話をしてる。甘い考えで探索者になって困るのはハヤトじゃない。この子」

「そりゃ……そうなんだけどさ」

　ハヤトは何も言えずに黙り込んだ。

　シオリの言っていることは正しい。

　正しいから、何も言えない。

「私は、探索者になる動機はなんでも良いと思う。お金でも、名誉でも、強くなりたいでも、不思議な世界を見ておきたいでも、モンスターと戦いたいでも、好きな人に殺されたいでも。なんでも良い」

最後のはお前だけだろ。

「でも、中途半端な覚悟で探索者になるなら、死ぬだけ。死にたくないなら、このままアルバイトをすればいいと思う」

澪は、シオリに気圧されたように黙り込む。

「別に、アルバイトが悪いわけじゃない。立派な仕事。働けば、ちゃんとお金がもらえる。死ぬこともない。別に、問題なんてない。違う？」

シオリの言葉で、沈黙が再び部屋の中に落ちた。

その瞬間、隣の個室にいた客たちがドッと沸いて、笑い声が部屋の中にいやに響き渡る。

「わ、私は……」

永遠にも思えた沈黙は、しかし澪が壊した。

「普通に、なりたいんです。みんなと同じようにスマホが欲しいんです。みんなと同じ様に高校に行ってみたいんです。みんなと同じように笑って学生生活を送りたいんです。でも、今のままじゃ……ダメなんです」

淡々と紡がれる澪の言葉には……隠しきれない熱意があった。欲望が渦巻いていた。

「私の時給は、６５０円。高校生ってことで働かせてもらってるので、二十二時までしか働けません。学校が終わって、バイトを始めるのは十八時。それから、四時間働いて稼げるのは一日で２６００円です。でも、それだって毎日働けるわけじゃないんです」

《……最低賃金割ってないか？》

ぽつり、とヘキサが漏らす。

「多くても、週に五日。シフトが空かないときは、週に二日とかです。そのお金で、生活費とかを、払ってるんです」

「……親は？」

ユイの問いかけに、澪は首を振った。

「お母さんだけです。……でも、家には帰ってきません。だから、働いてるんです。でも、このままじゃ……だめだから、探索者になれば、人生を変えられると思ったんです。このまま、ずっとなにもないままでいるより……探索者になれば、何かが変わるかもって……ッ！」

澪は顔をあげてハヤトを見た。

「だから、私は探索者になりたいんです」

先程とは打って変わった、覚悟に満ちた瞳がハヤトを貫く。

むき出しの決意が、痛いほどに伝わってきた。

削り出した覚悟が、苦しいほどに伝わってきた。

「決めた」

それがあれば、十分だった。

「澪は俺の弟子にする。そして、前線攻略者まで連れて行く」

「本当ですか⁉」

ぱっと澪が顔をあげて、ハヤトはそれに頷き返す。

ハヤトだって、彼女と何も変わらなかった。貧乏で、親を頼れず、力もない。でも、彼女とハヤトの違いはたった一つだけ。

頼れる相手が、いたかどうかなのだ。

「アンタ、本気なの？」

「本気だよ。これだけの覚悟があれば、十分だろ」

「それは……そうかも知れないけど」

ユイはハヤトの選択を否定はしなかったが、それでもまだ思うところはあるみたいで、言葉を濁した。

「良い、覚悟」

「藍原さん？」

シオリの言葉にユイは怪訝な表情を浮かべる。

「この子の人生は、この子が決める。私は、この子が探索者に必要な覚悟は持ってると思った。あとは、師匠になるハヤトしだい。でも、ハヤトは良いと言った。ならもう、外野が言うことは何もない」

「……それも、そうね」

ユイは息を大きく吐き出すと、諦めたようにそう言った。

そして、パンと手を叩くと、急に明るい声を出した。

「なら、今日のお祝いは『ハヤトAランク昇格おめでとう』に加えて『初めての弟子おめでとう』も含めるわよ！　澪、アンタ今日はいつバイトが終わるの？」

「えっ⁉　あ、あと三十分ですけど……」

「じゃあ、バイトが終わったらこのテーブルに来なさい！　ハヤトの弟子になるなら、私が面接するから！」

「なんで俺の弟子なのにユイが面接するんだよ」

「細かいことは何でも良いでしょ！　待ってるからね！」

ユイがそう言って澪に笑顔を送る。それを見た澪は『わ、分かりました！』と頷いて、キッチンに戻っていった。

「何よ」

「いや、アイドルみたいな笑顔だなって」

「本物のアイドルなの。縛（しば）るわよ」

本物のアイドルがそんなこと言ったらダメでしょ。

ハヤトは喉（のど）まで出かかった言葉をぐっと呑（の）み込んだ。

翌日、十六時三十分。

ギルドの入り口でハヤトが待っていると、制服姿の澪がやってきた。

「よ、よろしくお願いしましゅ！」

「ああ、よろしく」

ガッチガチに緊張（きんちょう）しているのが分かるほどに身体（からだ）をこわばらせて、最初の挨拶（あいさつ）を盛大に噛（か）んだ澪にハヤトは笑うと、

「じゃあ、まずは探索者（たんさくしゃ）登録からしようか。こっちが受付だ」

「はい！」

そういえば昨日もこんなことをしたなぁと思って受付に向かうと、

「あ、ハヤトさん！　こっちです」

「どうしたんですか？　咲さん」

咲に呼びかけられた。

「昨日、弟子を募集されたじゃないですか」

「あっ、それって止めてもらうことってできますか？」

「止める？　いえ、もう無理ですけど……どうしてですか？」

「この子を弟子にしたんです。最初から二人を弟子にするのは厳しいかと思って……」

そう言ってハヤトが澪を紹介すると、咲の笑顔が固まった。

「……あの、ハヤトさん。大変、言いづらいんですが」

「はい」

「抽選で、弟子が決まりました」

「……はい？」

「つまりですね、ハヤトさんにはすでに弟子がいますので、そちらの方を弟子にする場合は、二人目の弟子ということになります」

「で、でも普通は抽選だと決まるのに一週間から一ヶ月って……」

　ハヤトが首を傾げていると、咲は渋い顔のまま続ける。

「それがその……抽選で決まった探索者の方に『師匠はこの人で良いか』という連絡を送ったら、二つ返事で『良い』と返ってきまして」

「あの、それ……断れないんですか？」

「もう無理なんです。弟子の方がＯＫを出しちゃったものですから、すでにハヤトさんの弟子として登録してるので……。この場合は、よっぽどの理由が必要です。例えば『弟子が半年以上、ダンジョンに潜らない』とか、『師匠に大きな損害を与える』といった正当な理由がないと、弟子を解除できないんです」

「……えーっと、だったら」

「もし、お弟子さんを一人にしたいということでしたら、そちらの方を断るしか……」

「えっ⁉」

　咲の言葉に、澪の表情が驚愕に染まると……そこから、じわりじわりと黒く塗りつぶされていく。

「いや、それは無理です。俺はこの子を弟子にするって約束しましたから」

「そういうことですと、弟子を二人取るということになりますが……よろしいですか？」

「最初から弟子を二人も取るって……できるんですか？　その、制度的には……」

「可能です」

「…………」

困ったように微笑む咲。ハヤトも困ったように笑った。

笑うしか、なかった。

「……弟子（バンド）、二人ですか」

「二人ですね」

ハヤトは逡巡（しゅんじゅん）。だが、決断は早かった。

「……分かりました。大丈夫です。引き受けます」

《本当に大丈夫なのか？》

（嘘でも大丈夫って言うしかねぇだろ……ッ！）

ギルドの仕組みを利用して弟子（バンド）を取ろうとしたのはハヤトである。

澪を弟子（バンド）にして前線攻略者（フロントランナー）にすると言ったのもハヤトである。

だったら、その二つをハヤトは通すしかないのだ！

「と、とりあえず、もう一人の俺の弟子（バンド）に会わせてもらうことってできますか？」

「もちろんです……。もう後ろに控（ひか）えていらっしゃいます……」

「ん？」

ハヤトがちらりと後ろを振り向くと、そこには大きな魔女帽子(ウイッチ・ハット)をかぶった少女がいた。

身長は澪と変わらないほどで、無表情を顔に貼(は)り付けている。だが、何より特徴的(とくちょうてき)なのは長い真っ白な髪(かみ)と、宝石のように美しい赤い瞳(ひとみ)。日本人離(ばな)れしている少女は、何を考えているのか分からない瞳でハヤトと澪を見た。

だが、そんな彼女(かのじょ)にハヤトは見覚えがあって……。

「き、昨日の猫(ねこ)の子ッ⁉」

そこにいたのは、昨夜 駐輪場(ちゆうりんじょう)で出会った少女ではないか。

「……ロロナ」

「は、はい？」

その少女は右脇に古ぼけた大きな本を抱(かか)えて、小さな声でそう言った。

「私の名前。猫の子じゃない。ロロナ。覚えた？」

「あ、ああ。俺はハヤトだ」

変わった名前だなぁ……と、ハヤトが思ったのもつかの間、彼女は首を傾げた。

「弟子(バンド)取るの、初めてなのに二人も取って、大丈夫なの？」

「だ、大丈夫だ！ なんとかなる」

「そう。なら、信じる。よろしく」

「あ、ああ……」

ハヤトはこくりと頷くと、ヘキサを見た。

（ど、どうしよう……？）

《……ふむ》

一人だけならまだしも、いっきに二人も弟子(バンド)を取った状態でダンジョンを攻略せねばならない。しかも、これからハヤトを待ち構えているのは前人未踏(ぜんじんみとう)の未開拓地(フロンティア)。

とてもじゃないが、弟子(バンド)を育てながら攻略を進める余裕(よゆう)なんて……！

《まぁ、なるようになるだろ》

（適当に言ってないか⁉）

《最悪の場合、スライムの食べ方を教えて弟子(バンド)の方から関係を切ってもらえ》

（どんな解決方法だよ！　最悪すぎるだろ……ッ！）

しかし、心の中でいくら叫(さけ)んだところで、ハヤトが自分で決めたことである。

（しょうがねぇ。決めたのは俺だ。育てるのも、俺だ）

自分の首を絞(し)めたのは自分なので、腹をくくるしかない。

（だったら……ッ！　二人まとめて前線攻略者(フロントランナー)にしてやんよッ！）

ハヤトは心の中で叫ぶと同時に、覚悟を決めた。

第3章 ✦ 二人の弟子(バンド)と一人の師匠

澪(みお)の探索者登録を済ませて、ハヤトはカウンターの前で弟子(バンド)二人に向き合った。

「二人とも、ダンジョンに潜った経験は？」

「な、ないです！」

「私も、ない」

ハヤトの問いかけに二人揃(そろ)って首を横に振る。

「よし、じゃあまずはダンジョンに潜るか」

ハヤトがそう言うと、澪が目を丸くした。

「えっ!? わ、私、防具持ってないですよ！」

「まだ要(い)らない。ダンジョンに潜れば、大抵(たいてい)は『スキル』を覚えるからな。防具はそれを見てから決めよう」

そう言ってハヤトは『転移の間』に向かって進みながら、説明を続けた。

「防具と一口に言ってもいろんな種類があるんだ。前衛用、後衛用。俺のは見ての通り、前衛用だ」

「ハヤトさんの着ているその防具が前衛用なんですか？」

……ん。そこからか。

《何が『ん、そこからか』だ。お前だってこの間まで分かってなかったじゃないか》

（今は分かるから良いの！）

カッコつけて師匠ぶったのに躓いたハヤトは、気を取り直して続けた。

「あぁ、そうだ。後衛の防具はもっと軽量なんだ。絵本に出てくる魔法使いみたいにローブであることが多いな」

「でも、どうしてダンジョンに潜るのに防具を買わなくても良いんですか？」

熱心に質問してくる澪に可愛げを見出しながら、ハヤトは口を開いた。

「ダンジョンに潜ったときのスキル構成から買うべき防具を見繕うからだ。例えば澪が前衛用の装備を買ったのに後衛用のスキルが出たら、せっかく買った防具が無駄になるだろ？　そういうのを避けるんだ」

「な、なるほど！」

澪が頷いたのを見て、ハヤトは『転移の間』に入ると、宝珠を触る前に彼女たちに忠告。

「さっきダンジョンに潜るときにスキルを覚えるって言ったけどな。最初、ダンジョンに潜ったときは『ダンジョン酔い』って症状が出る。まぁ、乗り物酔いと同じで、吐き気とか目眩が軽く出るんだ。それだけ気をつけてくれ」

「わ、分かりました！　あ、あの。一つ良いですか？」

「どうした？」

「あの、ハヤトさんはどんなスキルが出たんですか？」

澪とロロナが二人して興味津々と言わんばかりに聞いてきたので、彼は肩をすくめた。

「確かに、気になる」

「俺は何も出なかった」

二人はまずいことを聞いてしまったと言わんばかりに、そっと目をそらした。

そういうのが一番傷つくなぁ、もう。

「そ、そういうこともあるんですね……」

「いや、滅多にない。でも、スキルがなくても俺は前線攻略者になれた。だから、スキルが出なくても心配しないでくれ」

ハヤトはそう言って、澪に『転移の宝珠』に触れるよう促した。

《嘘をつくのはいかがなものかと思うぞ、私は》

（俺はシオリみたいにビビらせたくないんだ）

ハヤトが初めてダンジョンに潜ったとき、何のスキルも出なかったのは本当だ。

だが、彼はスキルなくして前線攻略者(フロントランナー)になれたわけじゃない。

【スキルインストール】と【武器創造】という強力なスキルがなければ、絶対に前線に返り咲(ざ)くことはできなかっただろう。

(でも、ヘキサが俺にしてくれたように、この二人も、俺が全力でサポートする……つもりだ)

《誰かを育てるってのは大変だぞ？》

(覚悟の上だ)

ハヤトがヘキサに応(こた)えた瞬間、澪が『転移の宝珠』に触れた。

そして、三人が一斉(いっせい)に1階層に転移。

ハヤトにとっては見慣れた光景が、澪たちにとっては初めての光景が一同を出迎(でむか)える。

「ここが1階層だ。二人とも『ダンジョン酔い』は大丈夫(だいじょうぶ)か？」

「は、はい。私は大丈夫……ですけど」

「ロロナは？」

「……気持ち、悪い」

ただでさえ顔が白いロロナの顔が、真っ青になっている。

先ほどまでの無表情と違って、不快感を隠しきれていない。

「吐くか？　吐いたほうが楽になるぞ？」

「……そこまでじゃ、ない」

そうは言うが、ロロナの顔は明らかに体調不良者のそれである。

「五分も経たずに慣れるから、それまで『ステータス』の確認をしておこう。二人とも、『ステータス』を開いてくれ。心の中で念じれば出てくる」

「こ、こうですか？」

一方で相変わらず元気なままの澪がそう言ってステータスを開く。

そして、慣れない手つきで見せてきた。

朝宮　澪
HP：01　MP：00
STR：01　VIT：01
AGI：02　INT：01
LUC：24　HUM：100
【アクティブスキル】

【パッシブスキル】


そこに表示されているのは、ハヤトですら見たことがないほどの低いステータス。さらに追い打ちをかけるように彼女のスキル欄には一つとしてスキルがない。

ハヤトはそれを見てしばらくの間、絶句した。ない知恵を絞って、なんて声をかけるか思考を必死に巡らせる。

「こ、これってどうなんですか？　普通くらいですか？」

「いや……。ちょっと低めだな……」

ハヤトは再び嘘をついた。

これは『ちょっと』なんてレベルではない。『信じられない』レベルで低い。

《……すごい数値だな》

（ヘキサなら、どう育てる？）

《私なら匙を投げるな》

（……本当に？）

《ただでさえ問題児を抱えているんだ。これ以上面倒見切れんよ》

（誰のことだ？）

《冗談だ。だが、これですぐに前線攻略者……というのは無理だろう。強いスキルが発現していれば話は別だったんだが……》

そんな澪は、ハヤトの曇った顔を見てがっくりと肩を落とした。

「そ、そんなに低いんですね……」

「気にするな。『ステータス』は鍛えれば伸びる。澪はＡＧＩの値が高いから、それを伸ばせば良いかもな」

「ほ、本当ですか？　頑張ります！」

今度は打って変わって元気になる澪。

「ロロナはどうだ？」

「……見せたくない」

「ん？　変なスキルが出たか？」

「……そういう、わけじゃない。でも……見せたくない」

そう言って顔を背けるロロナ。一方でハヤトは困ったように後頭部をかいた。

ステータスを見せたくないと来たか。

《前途多難だな、師匠くん》

（……『ステータス』を見せたくないってどういうことだよ）

ステータスは、本人の適性や才能を数値として表示するダンジョンがもたらした恩恵だ。

それがなければ、彼女をどの方向に育てれば良いかの方針も立てられない。

ロロナがステータスを見せない理由として考えられるのは、思ったよりも数字が大きくて澪に気を使っているとかだろうか？

ハヤトは少し考えると、

「分かった。『ステータス』は見せなくて良い。その代わり、スキルを教えてくれないか」

「……スキルは三つ出た」

「えっ⁉」

声をあげて驚いたのは澪。

「何が出たんだ？」

「アクティブスキルに【重力魔法Ｌｖ２】と【治癒魔法】。パッシブスキルに【賢者の叡智】が、出た」

「……本当か？」

今度は澪ではなくハヤトが驚いた。

【重力魔法】と【治癒魔法】は強力な魔法スキルだが、それよりもハヤトが気になったのはパッシブスキルの【賢者の叡智】である。

これは、全ての魔法消費MPを半減させるというトンデモスキルで、所持しているのが確認されているスキル保有者(ホルダー)は全員『世界探索者ランキング(WER)』で100位以内に入っている。紛(まぎ)れもない超級(ちょうきゅう)スキルだ。

「これは、どう？」

ダンジョン酔いに慣れてきたのか、だんだんと落ち着いてきた顔でそう聞いてくるロロナ。

「……強いスキルだ。多分、10階層くらいまでならスキルだけで攻略できると思う」

ハヤトは苦い顔でそう言った。

いや、こればかりは苦い顔にならざるを得ない。

片や何のスキルもなく、見たことがないレベルで低いステータスの弟子。

片や超級のスキルを発現させ、魔法使いに特化したスキルを手に入れた弟子。

……一体、この二人に何を教えれば良いのだろうか。

ハヤトが困り果てていると、ヘキサが口角をわずかに上げた。

《これは面白(おもしろ)い組み合わせになったな》

（何がだよ）

《おいおい。気がついてないのか？》

（何が言いたいんだ？　もったいぶるなよ）

《二人とも、お前にそっくりじゃないか》

（ん？　澪はともかく、ロロナのどこが俺に似て……）

ハヤトはそう言ってロロナの言葉を咀嚼して、思わず笑った。

（そういうことか）

《そういうことだ》

ハヤトの納得を見て、ヘキサも微笑んだ。

（確かに俺にそっくりだ）

澪の低ステータス、０スキルはダンジョンに潜ったばかりのハヤト。

ロロナの強スキルは、ヘキサと出会ったばかりのハヤトだ。

ならば、

「とりあえず、一回外に戻ろう。ギルドには探索者登録して一ヶ月以内の探索者に、武器や防具を貸し出してくれるレンタルサービスがある。それで二人に合った防具と武器を見つけよう」

「あ、あの……。ハヤトさん」

「どうした？　澪」

「ロロナちゃんは、たくさんスキルが出たから……向いてる役職も分かると思うんですけど、私はどうすれば……」

それは問いかけというよりも、澪の内心の吐露とハヤトは受け取った。

「スキルは『スキルオーブ』というアイテムを使用すれば覚えることができる。澪が今から気にすることはないよ」

「で、でも！　スキルオーブって高いですよね？　一番安くても150万円とかするって……」

「買えばな。でも、ダンジョンに出現するモンスターを倒せばドロップすることもあるし、宝箱に入ってることもある。俺もそれでスキルを見つけたことがあるし」

「そ、そうなんですね……」

「探索者の中でスキルオーブを買うやつはそんなにいない。高いからな。でも、だからといってドロップ率が高いわけでもない。俺が言えることはただ一つ」

「は、はい」

「出るまで倒せば100％だ」

「はぇ……」

そんなこんなでハヤトは二人を連れてダンジョンから帰還。

ギルドの装備レンタルサービスを活用して、澪とロロナにそれぞれ装備を選んだ。

「ロロナの適性は魔法使いだな。ＭＰを消費して、高い火力をたたき込むパーティーの砲台だ。『ステータス』だとＳＴＲが低かったろ？」

「うん。０だった」

「ＭＰとＩＮＴは？」

「ＭＰは30。ＩＮＴは15あった」

そこまで言うならステータスを見せてくれても良いんじゃないかなぁ、と思いながらハヤトは続けた。

「典型的な魔法特化型だな。筋力が低い分、重たい装備は身につけられないからローブとかで最低限の防御を固めるのが鉄則だ」

そんなハヤトがロロナに選んだのは小さなローブと、彼女の身長ほどもある大きな錫杖。

この組み合わせにより、魔法威力を大幅に上げることができる。

《この間まで役職を知らなかった人間の言葉とは思えんな》

（人は成長すんの）

さて、問題は澪の方だが。

「澪の場合はAGIが高い。反対にMPが0だったから魔法系に適性がないんだ。前衛で敵の注意を引き寄せる役割が向いてると思う。だから、防具は軽装で……武器は、無難に剣が良いんじゃないか？」

ハヤトが選んだのは刃の長さが八十センチメートルほどの中剣。一般的な長剣よりもリーチが短く、それを好んで使う探索者はほとんどいないが、澪の体格を考えれば、これが最も適切な気がした。

それを掴んで、澪は一言、

「重い……」

「鋼だからな」

澪はずしりと両手に返ってくる剣の感触を確かめるようにしっかり握った。

「着替えたらもう一度ダンジョンに潜ろう。今日は最初だから、モンスターと戦うのに慣れてもらおうと思う。無理は禁物だぞ？」

「は、はい……！」

「分かった」

二人の少女が更衣室に入るのを見送って、ハヤトは気合いを入れ直した。

再び1階層に戻ったハヤトたちは、スライムを探してダンジョンの中を歩き続ける。

レンガが敷き詰められた薄暗い中を無言で歩くこと数分、すぐにサッカーボールくらいの大きさをしたモンスターが出現した。

「お、ちょうど良いところに出たな。あれがスライムだ。見たことあるか？」

「……ない」

「わ、私も初めて見ました」

「そうか。じゃあ、まずはスライムの倒し方からだな。つっても、スライムを倒すのは簡単で……」

ハヤトはそう言いながら、胸元に手を入れると、そこから武器を取り出すように見せかけながら短剣を生成。彼女たちは弟子とはいえ、【武器創造】のスキルを見られるのはリスクになる。

スキルはバレないほうが良いだろうとハヤトが判断しての行動だ。

「体内にある核を壊せば良い。こんな感じで」

言うが早いか、ハヤトは短剣を素早く振るう。

カツン！　と小気味よい音を立てて、ハヤトの短剣が核を貫くと、スライムの身体は黒い霧になって散る。そして、半透明の球体がそこに残った。

「簡単にスライムは死ぬってわけだ。んで、これがスライムボールっていうドロップアイテム。ギルドで売ったら30円くらいにはなると思うぞ」

「さ、30円ですか……」

「1階層で手に入るアイテムなんてそんなもんだ」

ハヤトがスライムボールを拾い上げながらそう言うと、通路の端からスライムが三匹、ぽんぽん！　と出現した。

「タイミング良いな。澪、やってみるか」

「……はい！」

澪は勢いよく返事をすると、自分の身長の半分以上もある剣をしっかりと両手で構え、わずかに腰の引けた不格好な姿でスライムに向かいあう。けれど、その姿を小馬鹿にすることはできない。彼女は本気だ。本気なのだ。

「えいっ！」

そして、スライムに向かって剣を振り下ろした。

だが、それは核に当たらず、ぶよ……と、弾力質スライムの肉体に阻まれる。

「もっと力を込めて！」

「分かりましたっ！」

澪が先ほどよりも大きな声で応えると、スライムがぴょんと跳ねて澪の肩にくっついた。

「澪っ！」

スライムは、初めて潜った探索者の死亡理由のダントツ1位だ。

ハヤトがとっさに澪の肩にとりついたスライムを弾こうとした瞬間、

「……ここッ！」

澪はスライムを手で弾くと、ぬるりとしたボディを貫いて〝核〟を素手で取り出した！

「うそぉ……」

ハヤトはドン引き。

しかし、澪はそんなハヤトを気にした様子はなく、スライムの〝核〟を地面に落として、剣でそれを貫いた。

「やりましたよ！　ハヤトさん！」

「お、おう……」

お世辞にも、彼女に戦闘センスがあるとは言えない。スライムなどという粘性のモンスターから素手で〝核〟を取り出そうなどと、普通は考えても実行はしない。むしろ、するべきではない。

だが、彼女から伝わってくるのはやる気と覇気。

誰にも負けないという澪の入りに入った気合いが、そんなトンデモを可能にしたのだ。

（……すげぇことするな）

《お前も最初の頃はモンスターを拳で殴ってたんじゃないのか？》

（スライムを素手で触ろうとは思わなかったよ。それで手が焼けたらどうするんだ）

《さて、ハヤト。ここで私からのアドバイスだ》

ハヤトは澪にモンスターを素手で触ることの危険性を説こうとして、

（何だよ急に）

《褒めて伸ばせ》

……ふむ。なるほど。

ハヤトは一理あると思い、ヘキサの言葉に従った。

「よくできたな、澪」

「ハヤトさんから貰ったアドバイスのおかげです！」

褒められてまんざらでもないのか、澪は照れくさそうに微笑む。

「とはいっても、まだまだ改善するべきところはある。一緒に頑張ろう」

「はい！　やる気なら誰にも負けません！」

澪は胸の前でぎゅっと拳を握りしめると、元気に応えた。

危なっかしいなぁと思いながらハヤトは微笑むと、

「次はロロナの番だな。魔法の使い方は分かるか？」

「分かる……けど、使いたくない」

「え、なんで？」

「だって、ハヤトも、澪もスキルが出てないのに……私だけ使うのは、ズルみたい」

大きな錫杖を持ったまま、ロロナはそう言ってぴょんぴょんと跳ねるスライムを見た。

「スキルのことは気にするな、ロロナ」

「でも……」

「分かった。じゃあ、俺からの最初の教えだ。その１『使えるものは何でも使え』」

「『使えるものは何でも使え』……？」

「今はまだ、迷宮の中だから分かんねぇと思うけど、これから先いろんな階層に潜ったりすると、環境を使ってモンスターを倒したりすることがある。そういうときに、自分のプライドが邪魔して自分の剣やスキルを使うことに囚われると、死ぬ。それを回避するためには、ただ一つ。使えるものは、何でも使うんだ」

「……こだわらない、こと」

「そうだ。確かに俺たちにスキルは出なかったが、ロロナには出た。それはずるいことじゃない。運も実力なんだ。だから、気にせず使え」

「わ、分かった」

ロロナは頷くと、スライムに向き直る。

スライムはぴょんと跳ねると、ロロナに少し近づいてぷるぷると震えた。

「………ふぅ」

ロロナは大きく息を吸い込むと、吐き出した。

「スライムを、倒す。倒す、だけ」

「そうだ」

ハヤトは頷いたが、ロロナは固まったまま動かない。

どうしたんだろう？　と思いながら、ハヤトがロロナをのぞき込むと彼女は恐る恐る、

「……本当に、倒さないとダメ？」

そう、聞いてきた。

「ん、倒したくないのか。怖いか？」

「可哀想」

「……何が？」

「スライムが」

……あー、なるほど。そう来たか。

ハヤトは思わず呻いた。

それは、探索者が最初にぶつかる壁と言っても良いだろう。

日常生活を送る中で、何かの命を奪っていると実感することは少ない。高度に文明化された社会で死は隔離されてしまう。だが、ダンジョンの中ではそうではない。命のやりとりを喉元に突きつけられ、自分たちが生きるためにモンスターを殺しているのだと見せつけられる。それを乗り越えられるかどうかが、一番の鍵なのだ。

「ロロナ。モンスターを殺さないと探索者にはなれないぞ？」

「でも……殺したく、ない」

ロロナは泣きそうな顔になりながら、ぴょんぴょんと跳ねるスライムたちを見た。

「……どうしてもか？」

ハヤトの問いに、ロロナは静かに頷いた。

そんなロロナの後ろでスライムたちが跳ねる。いつまでも、彼らを放置しておくわけにはいかない。奴らを放っておくと、こちらの顔に張り付いて窒息死を狙ってくるからだ。

「分かった。今すぐに殺せとは言わない。でも、探索者になるってことは、モンスターを殺すことなんだということは知っておいてくれ」

ハヤトはそう言うと、剣を振るった。スライムが死んだ横でロロナはすっかり萎縮した様子。ふるふると怯えながら、残されたスライムボールを見ていた。

そんな彼女を安心させるために、ハヤトは努めて柔らかい口調を作って、

「それなら、ロロナはスライムを倒すんじゃなくて魔法の練習からしよう。使い方は分かるんだよな？」

「うん。なんとなく」

「よし、じゃあやってみてくれ」

ロロナはこくりと頷いて錫杖を掲げた。

すると、頭上に虹色に光る糸が出現し、寄り集まって光を生み出す。

そのとき、ハヤトはわずかに違和感を覚えた。

（……ん？）

《どうした？》

（いや……。少し気になって）

だが、ハヤトの違和感など意に介さずにその糸は無数に寄り集まると、何もない虚空に小さな円を作った。その瞬間、

ドォォオオオンンンンッツツツツ！！！

１階層にすさまじい衝撃が駆け抜けたッ！

「……ッ！」

「けほっ！　けほっ！」

砂埃が立ちこめ、思わず澪が咳き込む。煙のような粉塵が晴れるとダンジョンの床が十数センチほど凹み、クレーターが生じていた。

本来、ダンジョンの床は壊れない。通常の攻撃や衝撃では、傷一つ入れられないのだ。

壊すためには、それこそハヤトが使った『星走り』ほどの威力が必要なのだ。

だが、ロロナが使ったのは【重力魔法Ｌｖ１】で使える『グラヴィトン・プレス』だろう。強力な重力場を発生させ、相手を押しつぶす技だ。

無論、それは優れた魔法ではあるが、初めて使ってこの威力とは……！

「ロロナちゃん、すごい……」

「規格外、だな」

思わずハヤトと澪は唸った。これだけの魔法が使えるなら、本当にあっという間に前線攻略者になれるだろう。

モンスターを殺すことができれば、だが。

「……あんまりこれは、使いたくない」

二人に褒められたロロナだったが、表情を暗くしてそう言った。

「MPの消費が激しいのか？」

「そういう……わけじゃないけど……」

「これを、使ったら……モンスターが、死んじゃうから……」

ロロナは煮え切らない返事をする。

「……うん。なるほどぉ…………」

ハヤトはなんとも言えず、相槌を入れる。

ロロナという少女が、見かけ以上に優しいことはハヤトもよく分かった。分かったが、それでは探索者としてやっていけないということをハヤトは伝えないといけないのだ。

「ま、でも今日は初日だからな。慣れるところから始めればいいさ」

しかし、それは今ではなくて良いとハヤトは判断。

そのため、澪にスライム討伐を教え、ロロナには魔法の使い方に慣れさせて初日を終わらせた。

二十二時を過ぎたタイミングでギルドに戻ったハヤトは澪とロロナを見送る。

「今日はありがとうございました！」

「……わがまま、聞いてくれて、ありがとう」

「二人共生き残れたことが何よりだよ。また、明日な」

「はい！　よろしくお願いします！」

　澪は勢いよく頭を下げ、ロロナもそれに釣られるように頭を下げる。

　そんな二人が帰っていくのを見届けると、ハヤトは自分の攻略を再開させるべく受付に向かった。そんなハヤトを、誰よりも遅くまで残っている咲が笑顔で出迎えた。

「ハヤトさん。初めての弟子との探索はいかがでしたか？」

「分からないことだらけですよ。澪は気合い充分なんですけどそれが空回りしそうで怖いですし、ロロナは強いスキルを持ってるのに、モンスターは殺せないって」

　ロロナはいずれダンジョンに慣れていくだろうが、澪のやる気の空回りが怖い。

　あれはいつか、死につながる。

「あら、珍しいですね。ハヤトさんがネガティブになるなんて」

「俺はいつもネガティブですよ？」

「そういえばハヤトさんから依頼されていたアイテムの鑑定結果が出たんですけど」

　え？　スルーされた？

だが、この程度はよくあることである。ハヤトはすぐに気を取り直した。

「アイテム……って、失意の絵描き(ドロウイング・シャドウ)の」

「そうです。あれは『空想の顔料(パステル・ファンタジア)』と呼ばれる絵の具で、あれを使って絵を描け(か)ばどんなものでもこの世界に出現させることができるということが分かりました」

「……はい？」

「どんなものでもというのは言いすぎですね。生き物や、ダンジョン内で産出されるアイテムは生み出せないという制限があるものの、元からこの世界にあるものであれば生み出せると鑑定チームが言ってましたよ？」

と、可愛らしく首をかしげる咲。

可愛いのだが、言っている内容が内容すぎてハヤトは思わず唖然(あぜん)とした。

「もちろん、空想の顔料(パステル・ファンタジア)の量を考えるとそう多くのものは生み出せないと思いますが……どうしますか？　ハヤトさんが活用されますか？　それとも売却(ばいきゃく)されますか？」

「う、うーん」

ハヤトは両腕(りょううで)を組んで思考開始。絵にしたものが何でもこの世界に出てくるという絵の具は確かに手元に置いておきたい。だが、それをノータイムで頷けないのは、

《お前、絵が描けるのか？》

（ド下手だ）

ハヤトは絵が得意ではないのである。

「……売る、としたら、どれくらいで売れますかね」

「分かりません。ギルドとしても、こういったアイテムは初めてですので……。ただ、アイテムの希少性を考えると、ギルドを通して売却するよりもオークションにかけることをオススメします」

「オークション？」

「Ａランク探索者だけにその参加が許された『探競（たんきょう）』でしたら、きっと高値で売れると思いますよ」

ハヤトは咲の言葉に目をぱちりと瞬（またた）いた。

第4章 ✦ 使者と探索者

25階層は『山岳』エリアと呼ばれる階層だ。

『美術館』エリアを抜けると、ところ狭しと生えた木々が探索者たちを出迎える。湿度が高く傾斜が激しいため、普通に歩くだけでも体力を奪われるが、この階層の特徴はそれではない。

この階層は一時間に一度の周期で季節が変わり、それによって環境と出現するモンスターが変わるのだ。

「おっ、紅葉じゃん。テンションあがるな」

《綺麗だな》

ハヤトたちが降り立った時点の季節は秋。木々の葉は赤や黄色に色づいて、探索者たちを出迎えてくれた。秋に出現するモンスターは昆虫型と動物型。どちらも攻撃性が高く、面倒な敵である。

「今日のうちには攻略したいよな」

ハヤトが澪とロロナを弟子に取って、一週間。それまでの間、ずっと25階層で足止めされていた。

無論、それは弟子たちのせい……ではない。この階層は季節によって地形が変わり、それによって階層主部屋の位置まで変わるため探索に馬鹿みたいに時間がかかるのだ。

《階層主部屋の見当はつけているんだろう？》

「大体な。それでも、どこが正解かは……」

そう言った瞬間、ブゥン……と、エンジンの駆動音に思える重たい音をハヤトは捉えた。

「……チッ」

刹那、舌打ちと同時に蒼い槍を生み出すと、音速で迫ってきた金属の針を弾いたッ！

ガガガッ！　と、連続した重低音。飛んできた針の数は三つ、敵の数はもちろん同数。

「『メタル・ビー』か。……面倒なやつに出会ったな」

そこにいたのは、体長が二メートルもある巨大なスズメバチ。

木々の合間を縫うように激しく羽ばたきながら、その牙をガチガチと鳴らした。

《噛まれたら痛そうだな》

（痛いですめばいいけどな）

メタル・ビーの顎は強靭だが、彼らの優れたパーツは牙ではない。翅だ。

彼らの翅は向こう側が透けて見えるほど薄いのに、大の大人がどれだけ力を込めてもちぎれないほど強靭。そのため、材料工学や航空工学の観点で注目されているらしい、ということが攻略アプリに書いてあった。

〝【一点突破】【神速】【鈍重なる一撃】をインストールします〟

〝インストール完了〟

「はァッ！」

ハヤトが踏み込むと同時に【スキルインストール】がスキルを取得。彼の身体が空中で、加速すると、金属のように硬いメタル・ビーの腹に槍を突き刺した。

ギイィインンッ！

とても昆虫と槍が激突したとは思えない金属音が響いて、その手に返ってきたのは重たい鋼を殴りつけた感触ッ！

その感触を裏付けるように、槍はまだメタル・ビーを貫いていない！

「硬えなッ！」

ハヤトはその場で【一点突破】と【鈍重なる一撃】を同時発動。

刹那、ドウッ！　と、凄まじい衝撃が駆け抜けて、メタル・ビーの身体に大きな陥没痕が生じる。これを好機とハヤトは強く踏み込むと、その身体を吹き飛ばしたッ！

「次ッ！」

メタル・ビーが黒い霧になるのも確認せぬまま、ハヤトは跳躍。刹那、ハヤトの立っていた場所に毒針が二本突き刺さった。ばしゅ、と地面が毒液によって融解する音を聞きながら、ハヤトは空中で槍を構える。

「はァッ！」

落下しながら【鈍重なる一撃】を発動。しかし、メタル・ビーはハヤトの一撃を回避。空を斬った攻撃は、柔らかい地面にたたき込まれてクレーターを生み出した。

〝【神速】を排出〟

〝【弾道予測】をインストールします〟

〝インストール完了〟

遅れて、ハヤトの視界に真っ赤な直線が出現。その元はメタル・ビーの毒針。弾道予測線はハヤトの前後から出現しており、それはメタル・ビーがハヤトを挟み撃ちしたということで、

「……まとめて来い」

弾道予測線が一際赤く輝いた瞬間、メタル・ビーが毒針を射出ッ！

だが、ハヤトはそれに槍を合わせると、

「……シッ！」

ガガッ！

全く同時に砲弾のようなメタル・ビーの針を弾いた。

《ハヤト、追撃にッ！》

「いや、その必要はねぇ」

焦るヘキサにハヤトはひどく落ち着いて返す。

何故なら、メタル・ビーは既に二体とも死んでいるからだ。

【弾道予測】スキルは敵からの攻撃を予測するだけではなく、こちら側の攻撃予測線をも見せてくれる。

ハヤトは前方のメタル・ビーの針で後方にいるメタル・ビーを。

後方にいるメタル・ビーの針で前方にいたメタル・ビーの身体をそれぞれ貫かせ、両者を同時に絶命せしめたのだ。

黒い霧になっていくモンスターを見ながら、ハヤトは落下したメタル・ビーの翅と針を拾い上げてポーチに押し込む。

「探索に戻るか」

《……強くなったな》

一ヶ月前とは見違えるハヤトの姿を見ながら、ヘキサは思わずそう言った。

「馬鹿言え。まだまだだよ」

ハヤトは当たり前のようにそう言うと山の斜面をゆっくりと登っていく。

《そういえば、来週に控えたオークションの話だが》

（ん？）

《空想の顔料を売るだけか？　それとも何か買ったりするのか？》

「そうだな……。俺が欲しいものはないけど、『スキルオーブ』なら買いたいな」

Aランク探索者だけを対象としたオークション、通称『探競』は三ヶ月に一度のペースで行われており、次回の開催を一週間後に控えている。もちろん、ハヤトも参加するつもりだ。

《スキルオーブ？　あぁ、澪の分か》

「流石にスキルが何もないままでダンジョン攻略は無理だろ」

ハヤトは難しいとは言わなかった。ただ、無理だと言った。

ヘキサもそれを否定せずに、首肯した。

《そうだろうな。私が来る前のお前でも、スキルを持っていたくらいだ。それに、ダンジョンは潜れば潜るほどスキルなしでは通用しなくなる。だから、探索者たちはスキルオー

ブを求めて、ダンジョンに潜る。しっかりとした依存関係だ。共生とも言えるな》

「【スキルインストール】のスキルオーブとか出ないかな」

《出ないと思うぞ。【スキルインストール】は本来95階層以上で出てくるスキルだ。こんな低階層では望むべくもないだろうな》

「そんな高階層のスキルだったのかよ……」

現在、攻略されている階層は27階層。95階層なんて想像すらできない深度だ。

《ちなみにだが、90階層以上では自分で選択したスキルを入れることができる【スキルセレクト】なんてスキルもあるんだが……。あれは不便だからな》

「不便？」

《膨大な数あるスキルの中から戦闘中に自分で選択してインストールするんだぞ。どう考えても面倒だろ》

「……確かに」

《だから、私はお前に【スキルインストール】を……って、なんだか天気悪いな》

そう言って視線をあげたヘキサに釣られるようにハヤトは視線をあげて、眉をひそめた。

そこには空いっぱいに雲が広がっており、ひゅお、と冷たい風が吹き抜けていく。その風の冷たさに、ハヤトは思わず身体を震わせた。

急激な気温低下、天候の悪化、そして先程からモンスターたちの姿が見えないこと。これらが指し示す事象はただ一つ。

「……やべ、冬になる」

そう言った瞬間、空から雪の結晶が舞い始め――――それを皮切りに凄まじい勢いで雪が降り始めた！

「せ、安全圏に入らないと死ぬッ！」

突如として降り始めた雪はすぐに風をまとって吹雪になると、一メートル前も見えないほどの猛吹雪に変化。すさまじい勢いでハヤトの視界と体温を奪っていく。

〝【体温調整】【火属性魔法Ｌｖ３】【感覚麻痺】をインストールします〟

〝インストール完了〟

【スキルインストール】が、ハヤトの生命維持に舵を切る。

欲を言えば視界が良くなるスキルが欲しかったッ！

ハヤトがインストールされたスキルにケチを付けながら、雪と暴風に顔をしかめながらまっすぐ歩いていると……ふと、目の前に人工の灯りが見えた。

ぼんやりと光っているそれは、松明の光のように見えなくもない。

「安全圏か……？」

ハヤトは疑うように目を細める。

「こんなところにあったっけ……？」

疑ったところでその灯り以外に向かうところなどありはしない。

ハヤトは息を大きく吐き出すと、前に進んだ。つい数分前に降り出したというのに、既に三十センチほど積もっている雪を踏みしめ辿り着いたのは、洞窟の入り口だった。ご丁寧に、入り口の両脇には松明がオレンジ色の熱のない光を放っている。

《大丈夫か、ここ。罠じゃないのか？》

「とは言ってもなぁ……」

ハヤトが後ろを振り向くと、そこには止む気配などない吹雪。

戻るという選択肢が存在しないのである。大きくため息をついたハヤトが洞窟の中に入った瞬間、バタン！　と、音を立てて扉がしまった。

「……ええ？」

洞窟の入り口に、扉などなかった。なかったが、ハヤトはこの音を知っている。

これは階層主部屋に入ったときの音だ。

「しまった。嵌められた……ッ！」

遅れて、ボボボッ！　と勢いよく、階層主部屋の中を照らすように松明の光が灯る。

「こんな手も使ってくんのかよ、ダンジョンはッ！」

ハヤトの叫びに呼応するように、空から階層主モンスターが落下。

《安全圏に見せかけて階層主部屋に連れて来るとは……。ダンジョンも牙を剥いてきたな》

「……まぁ、良い。ちょっと想定外だが、向こうから来てくれるなら好都合だ」

ハヤトはそう言いながら、目の前にいるモンスターと向かい合った。

そこにいたのは、蛇だ。それもひどく巨大な蛇。

目算で二十メートルにも届くだろうか。鱗の一枚一枚がハヤトの手のひらくらいはありそうなほどに大きく、爬虫類特有の冷たい瞳がハヤトを見下ろして……真っ赤な舌がチロチロと舞い踊る。

《『マスター・サーペント』か！　久しぶりに見たなッ！》

〝全スキルを排出〟

〝【弱食強肉】【槍の心得】【神速の踏み込み】をインストールします〟

〝インストール完了〟

「でッけェなァッ！」

スキルがインストールされると同時にハヤトは跳躍！

それを見たマスター・サーペントはしゅるるるととぐろを巻くと、ハヤトの攻撃に合わせて頭から迎え撃ったッ！

ハヤトは咄嗟に地面に槍を突き刺して、棒高跳びの要領で空中に回避。遅れて、圧倒的な質量を持つマスター・サーペントの身体が信じられない速度で足元を駆け抜ける。

ドォオオンンンン！

びりびりと身体が震えるほどの衝撃音を撒き散らして、マスター・サーペントの身体が壁に激突。いかにハヤトとて、真正面からくらえばぺしゃんこに押しつぶされてしまうほどの質量体。巨体というのは、ただ存在するだけで脅威となる。

「シッ！」

ハヤトは壁を蹴ると、凄まじい速さでUターン。そして、マスター・サーペントの身体に足が触れた瞬間、【神速の踏み込み】を発動。一瞬でハヤトの身体が加速。それを活かすように、ハヤトはマスター・サーペントに槍を突き刺した。

『SYAAAAAAAAAAAA！！！』

【弱食強肉】は自分より強いステータスの敵に攻撃した際、与えるダメージに補正がかかるスキルだ。

ハヤトが振るったのは細い槍。通常であれば巨大なマスター・サーペントに有効打になるはずもないのだが、【弱食強肉】が効力を発揮し階層主モンスターに苦痛を生じさせる。

「まだまだァッ！」

ハヤトは痛みに悶えるマスター・サーペントの身体を蹴って宙に浮かぶと、槍を手放し生み出すのは自らの身長をも超える特大剣。

〝【槍の心得】を排出〟

〝【身体強化Lv３】をインストールします〟

〝インストール完了〟

パンッ！　と、一瞬にしてハヤトの両腕が大きく膨らんだ。

所持していた大剣が羽のように軽くなると、自由落下とともにハヤトの身体がマスター・サーペントに吸い込まれていく。

「おォッ！」

ハヤトは大きく吼えると全身を使ってマスター・サーペントの首を刎ね飛ばした！

ドォンンン！　と、反対に轟音をあげて巨大な頭が地面に落下。刹那、ハヤトの勝利を彩るように、マスター・サーペントの胴体から真っ赤な血しぶきが舞いあがった。

血の雨は部屋いっぱいに降り注ぎ、必然的にハヤトの防具は真っ赤に染まる。

「血だらけになっちまった」

《クリーニングに出したらどうだ？》

「この間、買ったばっかりなんだけど……」

部屋が血の海になっていく中で……死んだはずの蛇の身体がびくりと震えた。

「……ん。まだ終わらねぇか」

マスター・サーペントの死体を突き破って出現したのは、ウジ虫のように見える真白な生き物。

「……蛇、か？」

《違う、こいつは……》

細く、長い。だが、その先端は槍のように鋭利で顔なき顔をハヤトに向ける。

《『スペリオル・パラサイト』……ッ！　高次のモンスターの体内に住み着く寄生虫だッ！　絶対に触れるなよ！　体内に入り込んだが最後、内臓全部食われて即死するぞッ！》

「……面倒なやつだな」

近接泣かせといわんばかりのモンスターにハヤトが笑う。

〝【弱食強肉】を排出〟

〝【火属性魔法Ｌｖ３】をインストールします〟

〝インストール完了〟

ハヤトはそれを確認するや否や、右手をまっすぐスペリオル・パラサイトに向けた。

「『ファイヤ・ランス』ッ！」

刹那、ハヤトの想像力を起点にして世界が捻じ曲がると、炎の槍が出現、射出。

炎槍の穂先と、パラサイトの頭部が激突。爆炎が周囲をなめ取ると、それを突き破ってスペリオル・パラサイトがハヤトに向かって突撃してきた！

「ここの階層主は突っ込んできてばっかりだなッ！」

《魔法使いは詠唱するより前に距離を詰めれば良い。定石だな》

「厄介な階層主だッ！」

今のハヤトの魔法火力では、25階層の階層主モンスターには到底及ばず。

「……だったら、こういうのはどうだ？」

ハヤトが想像するのはロロナの錫杖。

だが、それはただの錫杖ではない。ハヤトが付与したのは、イメージだ。

ロロナの使っていた、規格外の魔法火力。それが欲しい。

「来いッ！」

再び世界を捻じ曲げて、ハヤトの手元に出現したのは銀に輝く長い杖。

付与効果は『INT＋30　MP＋10』。

自身の魔法攻撃力を倍にも跳ね上げんばかりの杖を手にして、ハヤトは詠唱。

「『爆ぜろ』ッ！」

ドウッッツ！！！

再びの爆炎が世界を制した。

スペリオル・パラサイトの突撃に合わせた爆発は見事にクリティカルヒット。ハヤトに寄生しようとしていた階層主はバラバラの肉片となって飛び散ると、黒い霧へと変貌しはじめた。

「……ふぅ」

《ほう、面白いな。人をイメージすることで【武器創造】の付与効果を跳ね上げるか。やっぱり、センスがあるよ。お前》

「照れるからやめてくれよ」

ハヤトは武器を霧散させて一息つくと、黒い霧の中に残ったアイテムに目を向けた。

「……牙？」

《マスター・サーペントの牙だな。売却価格は70万だったような気がするが》

「一生暮らせるな」

《それ持ちネタにしたのか？》

「ネタじゃねぇよ！」

ハヤトはヘキサにツッコんで、ぱんぱんになったポーチを見てため息をついた。
「……ちょっとしか戦ってないのに、もうポーチがいっぱいだ」
《もっと大容量の収納袋（ポーチ）を買ったらどうだ？》
「それも考えてみたけど、やっぱり機動性が落ちるのがネックでさ……」
パーティーで攻略している探索者ならまだしも、単独（ソロ）で攻略しているハヤトからすれば機動性が落ちるのは死に直結する。だから、どうしてもポーチは小さいものになる。
単独（ソロ）探索者の弱点の一つだ。
「何でも入る魔法のバッグみたいなアイテムはないのか？」
《『アイテムボックス』のことか？》
「なんだそれ」
《時間の流れが違う位相空間を生み出して、無制限にアイテムを保存できる箱のことだ。とはいっても、50階層より深い場所でないとドロップしないがな》
「ごじゅう……」
あまりの遠さにハヤトはため息をつくと、とぼとぼと26階層へと向かった。
《そう気落ちするな。50階層なんてすぐにでもたどり着くさ》
（そんなわけないだろ……）

そう言いながらハヤトが階層主部屋から出た瞬間、

〝対象が『進化の関門』の踏破を確認〟

〝【スキルインストール】のアップデートが可能になりました〟

〝アップデート内容は以下の通りです〟

〝スキルレベルの上限解放〟

〝Lv3 ↓ Lv5〟

〝アップデートを開始しますか？　Y／N〟

ハヤトは突如として出現したそれを見て、首を傾げた。

「なぁ、ヘキサ。なんか変な表示が出たんだけど」

《変な表示？》

「【スキルインストール】のアップデートがどうこうって……」

《あぁ、25階層を突破したからだな。ここは全階層の四分の一。節目の階層だ。だからか、ここを突破した探索者たちは種として、次のステージに進むと言われている。『進化の関門』と言われている所以だな》

「スキルレベルの上限って3じゃないのか？」

《『進化の関門』を抜ければ、報酬としてスキルレベルの上限が解放される。【スキルイン

ストール】もそれに合わせたんだろうさ》

「じゃあ、アップデートしておくかぁ……」

ハヤトはそのまま〝Y〟を選択。

すると、【スキルインストール】は素早くそれを読み取って、

〝アップデートを開始します〟

〝アップデート完了まで残り24時間48分〟

「うぇッ!?」

ハヤトの視界の右下に進捗を表示するプログレスバーが出現。全く動かない灰色のバーの下には『24：48：32』というデジタル数字が浮かんでいるではないか。

《どうした？》

「アップデートに一日かかるって……」

《進化とはそういうものだ。だが、スキルレベルの上限を解放できるメリットはお前もよく知っているだろ？》

「そりゃそうだけどさ……」

スキルレベルが1上がるのは『ステータス』のレベルが10上がるのと同じだと言われている。だから、スキルレベルは『ステータス』以上に重要視されるのだが、

《どうせ明日は澪やロロナと一緒に装備を見に行く日だろ？　ちょうど良いじゃないか》
（五日制限にも引っかかるし、明日は休日にするか……）
ハヤトとしては一刻も早く最前線に追いつきたいのだが、【スキルインストール】のアップデートが終わらないのなら仕方がない。
ハヤトは気持ちを切り替えると、26階層の地面を踏むだけ踏んでギルドへと戻った。

翌日、ハヤトが予定時間の三十分前に待ち合わせ場所に向かうと、そこでは澪とロロナが二人で何やら話し込んでいた。

「悪い、待たせたな」

「い、いえ！　大丈夫です！　ちょっと早く着きすぎちゃっただけですから！」

ハヤトが謝ると、澪がぶんぶんと勢いよく首を振った。

彼女は感情がすぐに表に出るからわかりやすくて良い。

「…………」

一方で、その隣にいるロロナは相変わらず無表情。何を考えているのか分からない。

だが、彼女が悪い子でないことはよく知っている。

「ちょっと早いけど近くの装備屋に行こうか。つっても、俺も初めて行くんだけどな」

だから、ハヤトはそう言って澪とロロナを引き連れ、スマホ片手に街中に繰り出した。

（いやー、便利だな。グーグルマップは）

《文明の利器というやつだ。恩恵にはあずかれるだけあずかっておく方が良い》

そう言うヘキサは、相変わらずの表情。

《それより、ハヤト。お前が女子中学生を二人連れて歩くとどうにも犯罪臭がするな》

（なんでだよ。弟子なんだから関係ないだろ）

《くれぐれも職質されないように気をつけてくれ》

（職質？）

《職務質問のことだ。怪しい人間に警察が話しかけているのを見たことないか？　あれのことだ》

（この街で怪しいやつに話しかけてたら、日が暮れるぞ）

《……それもそうか》

探索者は自由業だ。髪の色や服装が問題になることはない。

そのため、彼らの格好は独自性に富んでおり、ちょっと視線を周囲に向けるだけでピンク髪とか青髪などの派手な髪色にあふれている。

それと同じく、服装も各々好き勝手なものばかり。原宿よりこっちのほうが派手と言っていたのはユイだったか、シオリだったか。

澪もロロナもそんな街を平然とした顔で歩いていく。というか、ロロナに至っては魔法使いのコスプレを普段からしているのだ。今更、服装で騒ぐほどのことはないのだろう。

「駅前に装備屋があるんですね」

「あぁ、駅前だけじゃなくて街中にあるぞ。ここはダンジョンシティだからな」

道を確認しながら歩みを進めるハヤトと違って、スマホを持っていない澪は暇なのかそんなことを聞いてきた。

「この街で一番取引されているのがアイテム、次が装備って言われてるくらいだから、マジでどこにでも装備屋とアイテム売ってる雑貨屋があるんだよ。んで、俺たちがこれから向かうのが……ここだ」

駅から歩いて数分。

到着したのはお洒落な雑貨屋を思わせる木組みの建物だった。

「基本的に置いてある装備は初心者向け。中には中級者向けもあるらしいが……まぁ、今日はそんなの気にしなくて良い。近接用の装備も後衛用の装備も両方とも取り扱っているらしいから見てみよう」

と、ハヤトはグーグルで仕入れたばかりの情報を澪に伝えながら店内に入る。その瞬間、ふわっと漂ってくるのはアロマの香り。血と汗にまみれて戦う探索者たちとは対照的な匂いに思わずハヤトはのけぞった。

しかも店内は間接照明を使って白ではなく橙に染められ、大きく開いた天窓からは陽の光が差し込んでいる。

……なんだよこの店。本当に武器売ってんのか……？

「き、綺麗な場所ですね……！」

「ば、場違い感が凄い……」

そんなことを言いながら店中を見渡すと、中にいるのは女性探索者ばかりである。つまり男はハヤトだけ。怖い。

《なぜ怖がる。お前の周りは女ばかりだろうに》

（ちゃんと男友達もおるわ！）

《例えば？》

（だ、ダイスケさん……）

さて、ハヤトはあずかり知らぬところであるが、此度ハヤトが入った店は探索者の中でも女性をメインターゲットに定めた店である。多くの武器や防具が男性向けに作られている中、女性のサイズに合わせて作ることによりニッチ層にいる女性を取り込んで、ここ一年ほどで急成長を遂げたのだ。

「わぁ、これ見てロロナちゃん。可愛いね！」

「……ん」

そう言って澪が指さしたのは、柴犬のような見た目をしたモンスターのぬいぐるみ。

何でこんな店にぬいぐるみを置いてるんだよ、とハヤトがジト目で睨んでいると嬉しそうなヘキサがぬいぐるみに近寄った。

《お、『頑張れテイマーくん』に出てくる『シバルト』じゃないか》

（しば……何だって？）

《柴犬のコボルトでシバルトだ》

（詳しいな。好きなのか？）

《……まぁな》

（へー。お前、こんなのが好きなのか）

ハヤトは可愛い系のぬいぐるみを見ながらそう漏らした。

《良いだろ別に！　何か悪いか⁉》

（別に悪いなんて言ってないだろ！）

モンスターを殺す武器を取り扱う店にモンスターのぬいぐるみを置くのはどうなのかと

ハヤトは思わないでもないが、可愛らしい店の雰囲気には合っているのかもしれない。

《そもそもテイマーくんに出てくるモンスターは、全部テイムされているから全然問題はないんだ。分かったか？》

（はいはい）

騒がしいオタクを放っておいて、ハヤトは店内に目を戻した。

澪はぬいぐるみからすでに視線を外し、店内を見渡している。

「それにしても沢山武器が置いてありますね」

「装備屋だからな。後で防具も買うから、防具も見ておくと良い」

ハヤトがそう言うと澪はそのまま武器を見に向かったが、一方のロロナはぬいぐるみをじぃっと見続けるばかり。

「どうした？　ロロナ」

気になったハヤトがそう尋ねると、

「……なんでもない」

ロロナはそう言って、その場から逃げるように『短杖』が置かれているコーナーに向かっていった。

《女心の分かんないやつだな》

（え？　今の俺（おれ）が悪いの？）

《当たり前だろう。これじゃ先が思いやられるな》

　ヘキサにため息をつかれながら、ハヤトは弟子（バンド）たちの姿を後ろから見守る。そのついでに、【武器創造】の助けになる武器がないかと見て回ったが、残念ながら初心者向け（エントリーモデル）には前線で使えるようなアイデアは転がっていなかった。

　近接武器ばかり見ていてもしょうがないので、後衛用の武器でも見ようかと、ハヤトが『短杖』コーナーに足を踏み入れた瞬間、そっとロロナが一本の杖を指差した。

「……ハヤト、これどう思う？」

「ん、短杖かぁ……」

　ハヤトは杖の種類を見ながら、気乗りのしない声を漏らした。

　魔法使いの杖には大雑把（おおざっぱ）に分けて、短杖と長杖がある。無論、二種類あるということは特性がそれぞれ違うということである。

「短いと、ダメなの？」

「ダメってことはないんだ。短いと発動速度短縮の効果が得られるから、危機的な状況（じょうきょう）に対処しやすい。簡単に例えると、長杖は大砲（たいほう）、短杖は拳銃（けんじゅう）だ。分かるか？」

　ハヤトがそう言うと、ロロナは首を縦に振った。

「大砲と拳銃を比べたら、取り回しの良さなら拳銃の方が圧倒的だろ？　でもな、威力が足りない。一方の大砲は、準備に時間がかかるが、一発の威力は大きいし射程も長い」

「ダンジョンだと、取り回しが良い方が良い……と、思う」

「どっちが良いとかどっちが悪いとかじゃなくて、適材適所なんだよ。こういうのは」

　ハヤトはそう言うと、長杖の方をちらりと見た。

「ロロナは魔法の威力が元から強いから長杖の方が良いと思うんだ。発動時間は変わらないけど、威力は高くなる」

「短杖だと弱くなるの？」

「そうだ。その代わり、発動時間が短くなる」

　ロロナはその言葉を吟味するように、ふと考え込んだ。

「どうして、短杖だと発動速度が短くなるの？」

「俺は前衛だから知らん」

「でも、ハヤト。たまに魔法を使うってこの間言ってた」

「そんなこと言ったっけ？」

「言った」

「……普通に理由は知らん。でもな、ダンジョンの中で一番困るのは倒せるべき敵が倒せないことだ。威力はいくらあっても困らんはずだ」

「でも……。私は、モンスターを殺せない……けど……」

消え入りそうな声で、ロロナがそう言う。

「大丈夫だ。長杖なら【治癒魔法（ちゆまほう）】の威力も上がるからな。それに、治癒士（ヒーラー）って手もあるだろうし」

「治癒士（ヒーラー）って……？」

「傷を治してパーティーの継続戦闘力（けいぞくせんとうりょく）をあげる仕事だ。モンスターは倒さないけど、立派な役職（ジョブ）の一つだよ」

「私が……治癒を」

「嫌（いや）か？」

ハヤトがそう聞くと、彼女は首を横にぶんぶんと振った。

「役職（ジョブ）なんて、今すぐに決めるようなことでもないからゆっくり考えてくれ」

「……うん。分かった」

ロロナがおずおずとそう言うと、彼女の真っ赤な瞳がハヤトをそっととらえた。

「は、ハヤトさん！　私の方も見てもらえませんか？」

「悪い。今行く」

今度は長杖と睨めっこを始めたロロナに背を向けて、ハヤトは澪の下に。

彼女は武器に迷っているのか、二つの剣を指差していた。

「これと、これで迷ってるんですけど……」

「……何が違うんだ？　それ」

澪が見せてきたのは、ほぼデザインが一緒の中刃剣。

「ぜ、全然違いますよ！　ほら、よく見てください。こっちは、ここの部分が丸くなってて、こっちは四角なんですから！」

彼女が「ここ」と言いながら指さしたのは鍔に描かれている模様部分。

ぶっちゃけハヤトからすれば何が違うのか分からない。分からないので、

「別にどっちでも良いいんじゃないか……？　それが違ったら死ぬわけじゃないんだし……」

「どっちでも良くないから聞いてるんです」

そう言ったら、「ふん！」と怒られてしまった。

《あのなぁ、ハヤト。女の言う「どっちが良いか」はすでに答えが決まってる問いなんだぞ。二分の一なんだから、それくらい当てろ》

（無茶言うなよ……）

そもそも自分の中で決まっているなら聞かないで欲しい。

こんなこと言うと女心が分かってないって言われそうだけど。

「せっかくなので、こっちの丸い方にします」

「あ、そうなんだ……。ちなみに丸い方を選んだ理由を聞いて良い？」

「可愛いからです」

「そっかぁ……」

ハヤトにはさっぱり分からない感覚である。

「……ん」

澪が武器を決めるのと同時に、ロロナも長杖を見つけたのか、それを握ってハヤトのところに持ってきた。星を象ったその杖をハヤトは見定めると、

「うん。良いんじゃないか。じゃあ、二人の分をまとめて買ってくるから待っててくれ」

「……ありがとう、ハヤト」

ハヤトが差し出した手にロロナはその杖を握らせてくるが、澪は自分で剣を抱えたままその手を不思議そうに見ている。

「澪？」

「えっ⁉　あ、ごめんなさい。今からレジですよね？」

ぼんやりしていたのか、澪はそう言って少しズレた答えを返す。

「そうだよ。買ってくるから、その剣渡してもらえる？」

「えっ？　は、ハヤトさんが買ってくれるんですか⁉」

そして、それが信じられないと言わんばかりに驚いた。

「あれ？　俺なんかおかしなこと言った……？」

「ち、違います。てっきり自分で買うんだと思って……頑張ってバイトで貯めたお金を持ってきたんです」

「大丈夫だよ。今日は俺が全部出すから」

「ほ、本当に良いんですか？　後で変なアイテムとか買わされたりしないですか？」

「しねぇよ。弟子から金取る師匠なんていないだろ？」

そう言ったものの、常識人が皆無に等しい探索者には弟子から金を取る探索者がいそうだったので、ハヤトは少し逡巡すると澪とロロナを見た。

「良いか、俺からの教えその２。『師匠を頼れ』だ」

「『師匠を頼れ』ですか」

「そうだ。もちろん、何でもかんでもおんぶに抱っこは良くないけどな。でもな、こういうときとか自分ではどうしようもないときには師匠を頼るべきだ」

ハヤトが自分一人の力で這い上がれなかったように、

「だから、俺を頼ってくれよ」

彼女たちが前線攻略者になるためには、師匠であるハヤトを使うのが一番なのだ。

澪がハヤトの言葉に込められた意図をどこまで読み取ったか分からないが、

「わ、分かりました……！　ハヤトさんを頼ります……！」

そう言って、ハヤトに剣を差し出した。

それに師匠はにっこり微笑むと、澪の剣を預かってレジを通す。

本来、こういった武器の取り扱いには身分証を見せる必要があるのだが、ハヤトの場合は探索者証がそれに該当する。便利なものである。

また、探索者証は購入時の電子決済デバイスとして使用され、内蔵されているＩＣチップに紐付けられた購入データは探索者の個人データと連携し、購入した武器が犯罪に使われた際の迅速な捜査に活用されるようになっている。

しかし、ハヤトがそうであるようにそんなことを意識して武器を買う探索者などいない。

（おい、二つ合わせて22万だって……。たっけぇ……）

《一つあたり10万と少しか？　初心者向けにしては高いな》

（デザインが凝ってるからだろうな……）

小気味良い電子音が鳴って決済が完了すると、彼らは店を出た。

その瞬間、ロロナがハヤトの服を引っ張りながら尋ねた。

「……防具は、見ない？」

「あまり良い防具がなかったんだ。防具は命に直結するから、ちゃんとしたところで買いたいと思ってな」

「ここは……悪い防具ばっかりってこと？」

「そういうわけじゃないんだが……。質が良くないのは確かだ」

女性向けの装備を売っている店舗にありがちなのは、武器のサイズと合わせるように防具のサイズを小さくし、軽量化してしまうことだ。男女の筋力の差を考えて、非探索者のデザイナーが意図してやってしまうのだが……これは大きなミスである。

体格と違って、ダンジョンに潜る男女に筋力差はほぼ存在しない。

ダンジョンの中に存在するのは性差ではなく、『ステータス』という数字だけ。女性には筋力がないからと防具を軽量化すると、防具の質の低下が免れないのだ。

ハヤトはそれを知っていたわけではないが、彼の直感が『良くない』という判断を下したのである。

「つってても店はいくらでもあるから、今日は思う存分見て回ろう」

ハヤトは弟子たちにそう言って微笑んだ。

それからが、大変だった。

まず、ロロナが譲らない。ローブ一つ取っても彼女が納得のいくデザインのものがないからか、なかなか首を縦に振らない。一方の澪は買ってもらえると分かってから、すっかり萎縮してしまい、ファッションセンスが皆無のハヤトでも「流石に女の子がそんなの着たらダメだろ……」と思うような、むさ苦しい装備を一番安いからと言って「私はこれにします！」と譲らない。

仕方がないので、ハヤトがロロナに澪の装備デザインを選ぶように言うと、

「澪は背が低い。だから、それを使わない手はない」

「ど、どういうこと⁉」

「つまり、低身長を武器にするか、もしくはそれを隠す縦長のシルエットにするということ。それは澪の好み次第」

「わ、私はハヤトさんのお財布に負担がかからなかったらそれで……」

「ハヤトは前線攻略者。私たちが財布を気にするのはおこがましい」

「で、でも……」

そう言って心配そうにハヤトを見る澪。だが、これはロロナの言うとおりである。先ほ

ど買った二人の装備は確かにこれまでのハヤトでは考えられないような金額だったが、今ではハヤトの日給の半分である。

「買ってもらうのに、遠慮するのは失礼。ハヤトも、そう思うでしょ？」

「失礼とは思わないが……。思いっきり頼ってくれた方がかっこつけれるな」

「ほら」

ロロナのダメ押しに、ついに澪が根負けした。

根負けしたのは良かったのだが、そこからが長い長い。

一つの店舗を見るのに平気で三十分くらいかける。しかも、「それ何が違うんだ？」と思ってしまうようなデザインの装備を二人は真剣な顔でどっちにしようか話し合う。

（……女の子用の装備が少なくて助かった）

《今更そんなことを言っててどうする。他の女とデートすることになったら目も当てられんぞ》

（俺が誰とデートするんだよ。女の子の知り合いなんてほとんどいないぞ？）

《女の知り合いしかいないじゃないか》

（そうかなぁ……？）

ハヤトがこれまた真剣に首を傾げていると、澪とロロナが装備を戻してハヤトのところにやってきた。どうやら、この店も気に入らなかったらしい。というわけで次の店舗に向かう。

結局、澪は四店舗目、ロロナは六店舗目でそれぞれお気に入りの防具を見つけて、買うこととなった。

ちなみに、澪が買ったのもロロナが買ったのもハヤトが最初に防具を買った『D&Y』の派生店だった。画一的だが、女性が使えるものも男性が使えるものも品揃え(しなぞろ)えは抜群(ばつぐん)である。流石は業界最大手と言うべきか。

「最後はその他、身の回りのものだな。アイテムとか、素材を入れるポーチとか。どこでも買えるから、そこら辺を探そう」

「あの、ハヤトさん」

「どうした?」

「荷物、重たくないですか?」

「全然。これでも前線攻略者(フロントランナー)だからな」

彼女たちの装備は大きな袋に入れられて、ハヤトが両の手で抱えている。というのもヘキサが《こういう場合は男が持つもんだぞ》とうるさいから渋々(しぶしぶ)従ったのだ。

しかし、買い物ももうすぐ終わり。

有終の美を飾るべく、彼らは近くの雑貨屋に入った。

「澪が買うべきなのは治癒ポーションだな。最初はLv1か2で充分だ。つっても、2は高いから1で良い」

「れ、Lv1も高いですよ！」

「そうだな。治癒ポーションは高い。でも、だからといってポーションを買わないのも、使わないのも良くない。それで死んだら元も子もないからな」

そう言いながら、買い物かごに澪用の治癒ポーションLv1を四つ入れる。あと念には念をということで、Lv2のポーションも一つだけ買い物かごに入れた。

「あと一応言っておくんだが、治癒ポーションは飲むもんであって傷口にかけるもんじゃないからな。それだけ気をつけてくれ」

「傷口にかけたらどうなるんですか？」

「染みて痛い」

「い、痛いんですか……」

しかし、これは初心者がよくやるミスである。なのでちゃんと伝えておかねばと思ってハヤトは澪が言い終わる前に、今度はロロナ用の治癒ポーションを二つ掴んでかごに入れる。

「ロロナはポーチに入れるポーション全てを治癒には回せない。理由は分かるか？」

「MPポーション？」

「そうだ。魔法使いはMPを消費して魔法を使うが、これがなくなると吐き気や目眩といった体調不良に襲われる。これがダンジョンの中で何を意味するか、もう分かるだろ？」

ハヤトがそう言うと、ロロナも澪も首を縦に振った。

「だから、MP管理は大切なんだ。でも、ダンジョンの中だと何が起きるか分からん。それに備えておくのが大事なんだよ」

MP切れで、誰かが吐くのはもうこりごりである。

澪とロロナに他のアイテムも勉強のため見ておくように言って、ハヤトはレジの列に並んだ。

《良い一日だったな》

（そうか？　俺は師匠としてちゃんとやれたか心配だよ）

心の中で深いため息をつきながら、ハヤトは返す。

自分が今の弟子にできることなど、こうして装備を買ってやることだけだ。それ以外の方法で、彼女たちに何を渡せば良いのか、ハヤトには皆目見当もつかない。

《良いんだ、それだけで。いや、それが始まりなんだ。澪とロロナが探索者になって一週

間の新人であるように、お前も師匠になって一週間の新人だ。一朝一夕でちゃんとした師匠になれるものじゃないだろう？》

（たまには良いこと言うな、ヘキサ）

《いつも良いことを言っていると思うが》

列に並んでいた探索者が前に前にと進んでいくので、ハヤトの列の流れに従って前に進む。そのとき、後ろからトントンと肩を叩かれた。

思わずハヤトが振り向くと、そこには見知った顔がいて、

「よォ、久しぶりだな。ハヤト」

「一週間ぶりか？　シン」

彼はハヤトにできた初めての同性かつ同年代の知り合いである。出会うのは講習会以来だったが、それも一週間前とついこの間のことだ。

「シンもこの雑貨屋を使うのか？」

「家が近ェからな」

「そりゃ便利だ」

「住む場所は大事だろ？　探索者は身体が資本なのに、家賃ケチって変なとこに住むのはアホらしい」

「……そうだな」

まさか住居費をケチって事故物件に住んでいるなんて言えるはずもないハヤトは思わず言葉を濁(にご)すと、話をそらした。

「そういえば、シンは弟子(バンド)を取ったのか？」

「俺か？　いやァ、まだだ。抽選(ちゅうせん)なんだが、なかなか相手が決まらなくてよ。お前は？」

ハヤトは無言でアイテムを見ている澪とロロナを指さした。

「あの二人だよ」

「女二人か。しかも年下か？　珍(めずら)しいな」

「片方は抽選、片方は自分から志願してきたんだ。俺も初めてのことで戸惑(とまど)ってばかりだよ」

「へェ……」

ちょうど解毒(げどく)ポーションを手に取って見ていた澪にシンが視線を走らせる。

「あまり強くはなさそうだな」

「まだ探索者になってすぐの初心者(ニュービー)だからな。強さを求める方が酷(こく)ってもんだ」

ハヤトがそう言うと、シンの視線が澪からロロナに向かう。

「もう一人は魔女(ウィッチ)か？」

「あぁ、そうだが……」

シンの問いかけに、ハヤトは困惑しながら頷いた。

確かに魔法職を生業にしている探索者の中でも、特に女性探索者を指してそう呼ぶことはある。だが、それは一般的な呼び方ではない。むしろその呼び方は、ハヤトがかつて〝天原〟にいたときによく聞いた呼び名で、

「次の方、どうぞ」

しかし、ハヤトの思考をぶった切るように、店員がハヤトを呼んだ。

週末の雑貨屋は兼業探索者たちで溢れており、列も長い。後続を待たせるわけにはいかないので、ハヤトは思考を放棄するとレジに向かった。

シンも、それから何かを言うことはなかった。


「今日は良い買い物ができたな」

店から出ると開口一番、ハヤトがそう言うと、

「ほ、本当にありがとうございます！　全部出していただいて！」

「……ん。ありがと」

澪もロロナも、頭をさげて真っ直ぐに感謝を伝えてきた。

だから、ハヤトはそんな彼女たちに微笑みを送りながら、

「二人とも、立派な探索者になってくれよ」

なんて、ちょっと師匠風を吹かしてみた。

探索者に立派な人間がいるかどうかは怪しいところだが。

「もう日が暮れちまったし、夜ご飯でも食べに行くか」

ハヤトはすっかり暗くなってしまった空を眺めながらそう言うと、

「行きたいです！　誰かとご飯を食べるのは久しぶりなので……！」

「……ん。行きたい。家帰れないから」

澪とロロナが勢いよく返してきた。澪はともかくロロナの言葉はどういう意味だろうと、ハヤトが尋ねると、

「家帰れないって？」

「家出してる」

「ん……」

さらっとロロナが語ったことをハヤトは追及するべきかどうかわずかに悩んで、すぐに流した。もし語るべきことがあれば彼女の方からいずれ教えてくれるだろう。そうでなければ、触れない方が良い。

「二人ともなんか食べたいものあるか？」

「あ、あの……ハヤトさん」

ハヤトがそう聞くと、澪がおずおずと手を上げた。

「どうした？」

「その……わがまま、かも知れないんですけど……」

彼女は何かにおびえるように、ひどくビクビクとしながら、

「回転寿司に、行ってみたいです」

しかし、ハヤトは思わずしかめっ面。

「あっ、ご、ごめんなさい！　わがまますぎでしたよね……」

だが、返ってきたのは澪が予想していた言葉の斜め上で、

「ごめん、澪……回転寿司って何？」

「…………えっ⁉」

しばしの沈黙。

だが、それを破ったのはロロナ。

「寿司をのせた皿が、レーンにのって回ってる。だから、回転寿司」

「今はそんなのあるのか！　すごいな、ハイカラだな！」

《ハイカラってお前……》

「……結構昔から、ある」

ヘキサとロロナからそれぞれ別の理由でドン引きされるハヤト。

しかし、こんなのでくじけてはいられない。

「寿司が回るなんて面白そうだし、行ってみるか！」

「良いんですか⁉」

「良いだろ！　寿司が回ってるんだぞ⁉　絶対楽しいだろ！」

ということで少年の心を取り戻したハヤトは、一番近くの回転寿司に足を運んだ。

店に入るなり店員に連れられてテーブル席へと三人は案内されたわけだが……ハヤトは、流れていく寿司を見ながら驚きのあまり一言も喋れなかった。

（……寿司が……回ってるッ！）

《だから回転寿司だと言っているだろ？》

ヘキサから当たり前のことを突っ込まれながら、ハヤトが目にしたのはテーブルのサイドに設置されている謎の蛇口。

「……何この蛇口」

《ん？　それは手を洗う用の蛇口だぞ。間違っても飲むんじゃないぞ》

「それはお茶のためのお湯が出る。間違っても、手を洗わないように」
ロロナとヘキサが同時に正反対のことを言うものだからハヤトはフリーズ。
しかし、すぐにヘキサが肩をすくめた。
《冗談だ》
（おいッ！）
《冷静に考えてみろ。お手拭きがあるのに、どうして手洗い用の蛇口を各テーブルに設置するんだ。非合理的だろう》
（……ん？　確かに？）
《お前は確かに非常識だし、馬鹿だが、論理的思考ができないわけじゃない。つまりこれは私からお前へのテストだったんだ》
（なるほど、そういうことだったのか）
ヘキサに理屈をまくしたてられて、ハヤトは思わず納得。
《チョロいな……》
（何か言ったか？）
《言ってない》
ヘキサはハヤトの追撃をさらりと回避。赤子の手をひねるようなものである。

「食べたいものは、流れてきたものを取る。取った皿は戻さない。それがルール。分かった？」

「な、なんとなくですけど……」

「要は好きなものを取れば良いんだろ？」

「そういうこと」

ハヤトは適当に流れてきた鯛（たい）をレーンから取った。

澪（みお）はその次に流れてきたマグロを。そして、ロロナは、

「なにそれ？　トウモロコシ？」

「これはコーン。回転寿司の鉄板」

「トウモロコシを載（の）せた寿司って寿司なのか？」

「酢飯（すめし）の上にネタが載ってるんだから寿司。間違いない」

「でも寿司って刺身（さしみ）を載せるんじゃ……」

「これは誰がなんと言おうと寿司。めんどくさい男はモテない」

「も……」

女心が分かっていないと言われっぱなしのハヤトには大きなダメージ！

彼はしょげかえりながら鯛の寿司を口に運んだ。

そんなハヤトに続いて、二人も同時に寿司を口に運んだ。

一体、どんな味なのだろうと楽しみにしていたのだが、期待は裏切られなかった。

「うん、美味しいな」

「……美味しい」

「私、お寿司を四年ぶりに食べました……。お父さんがいたとき以来です……」

ロロナは普通に味の感想だったのだが、ここで澪が思わぬ爆弾を投げてきた。

こ、コメントしづれぇ……。

と、ハヤトが澪に気を使っていると、ロロナは平然とそこに飛び込んだ。

「澪は……パパがいないの？」

「う、うん。お母さんと離婚しちゃったから……」

「そっか、そうなんだ……」

ロロナはいつものように無表情で、

「羨ましい」

と、そう言った。

「羨ましい……？　なんで？」

「だって、パパがいないと、殴られない……でしょ？」

「そ、それは……そうだけど」

「痛く、ないんでしょ？」

「う、うん。痛くは……ないけど……」

「だから、羨ましいな……って」

それは、ロロナが初めて語った自分のことで、

「だから、家出したのか？」

「……そう」

「探索者になったのは？」

「パパと、ママから逃げた後で、ちゃんと働いてお金を稼げる場所が、ここしかなかったから」

ハヤトはロロナの言葉に困惑の表情を隠せず、眉をひそめると気になったことを尋ねた。

「今はどこに住んでるんだ？」

「橋の下」

「は？」

「大丈夫。シャワーはギルドで浴びてる。それに、この時期は夜もまだ寒くないし、段ボールの中に入ればゴミだと思われる。危なくない」

「いやいや……。そりゃ、まだ秋だから寒くはないだろうが……」

ロロナは嘘をついていない。ハヤトにはそれが手に取るように分かった。

だが、だからといって安易に家に戻れとは言えない。言えるわけがない。

警察を頼ったって、結局のところ家に連れ戻されて終わる。家出少年、家出少女の末路なんてそんなものだ。『家に帰れば殴られる』と言ったところで、それを聞いて児相に連絡がいく確率は一体どれくらいだろう？

小学校に入る前の子供ならまだしも、ロロナはすでに中学生。そんなことを言ったところで、『反抗期だから』と言われて終わることは往々にしてある。だから、帰れないったところで、救いはない。

《お前の家に住ませたらどうだ？》

（俺とエリナだけでギリギリのあの家にか？）

ただでさえ五畳半の部屋にはエリナとハヤトだけでいっぱいいっぱいで、

「あ、あの、ロロナちゃん。もし良かったら、ウチに来る？」

「……澪？」

しかし、ハヤトが困っていると澪が助け船を出した。

「あのね。ウチはお母さんが帰ってこないから、家は広いし、お客さん用の布団もあるから……うちに来れば、ちゃんと寝られると思うんだ」

「良いの……？」

「い、良いの！　だって、ほらハヤトさんも言ってたでしょ？　『使えるものはなんでも使え』って」

そういう意味で言ったんじゃないけど……。

「あ、でもね。ちょっと家が散らかってるから、片付ける時間だけくれれば……！」

「ほんとに……？　でも、危ないよ……？」

「だって、一人で暮らすのって、寂しいから……」

澪はそう言って、悲しげに微笑んだ。

そう考えれば、澪の環境も普通ではない。

中学二年生にして、親がどちらも家に帰ってこず一人で生活費を稼いで暮らしている彼女は、普通と呼ぶにはあまりにも逸脱してしまっている。

（普通って、何なんだろうな）

《過半数以上が抱いている偏見のことだ》

（難しいことを言うな、ヘキサ）

《探索者は金払いが良い。命の危険はあるにしろ、それでも普通に働くよりは稼ぎが良いように見える。この見えるというのが大事なんだ。この世の中には、自分がもらえる金額を計算できない人間も、計算しようとしない人間も多くいる。なら、そういった連中が探索者に集まるのは必然だろう。そして、何よりも探索者以外では金を稼げない人間がいる。この国の法制度上、選択肢が奪われてる人間たちだ》

（そうだな……。俺も、そうだったよ）

　中学生がアルバイトをするには、保護者の許可がいる。もし許可が下りたとしても、澪のように年齢をごまかすのでない限りは、就ける仕事の範囲も著しく狭い。

（ダンジョンってのは……良いやつだな）

《そう振る舞った方が、自分にとって都合が良いからな》

　ハヤトの言葉にヘキサはノータイムで返す。

　そうだ。どれだけ、彼らがダンジョンという存在に助けられていたとしても、それはあくまでもダンジョンの戦略でしかないことを忘れてはいけない。ダンジョンは星の支配者たちに飴をばら撒きながら、今も刻一刻と星の核へとその手を伸ばしているのだから。

（ダンジョンってのは不思議な存在だな）

《生命の形が少ない人間の視点で見ればそうだろう。だが、それも生命のあり方なのだ》

　などと、ハヤトが生命の神秘に触れていると、

「そ、そうだ！　ハヤトさんも一緒に暮らしませんか？」

「え？　俺も？」

「は、はい！　だって三人で暮らせば、きっと楽しいですよ！」

「流石にまずいだろ。なんかよく分からんけど犯罪になるって」

「大丈夫です！　私が弁護士やります！」

「裁判ってそんなシステムだっけ？」

絶対違うような気がするけど。

そんな話をしながら、ハヤトは流れてくる皿を取っていく。

《お前さっきから鯛食べすぎじゃないか？》

（良いだろ、好きなんだから）

なんてハヤトとヘキサが話し合っている間に、女子中学生コンビはなんと数皿しか食べていないのにお腹いっぱいになったのかデザートに何を食うかの話をしており、

「デザートには、パフェがおすすめ」

「ロロナちゃん、アイスもあるよ！」

「アイスはコンビニで食べられる。パフェは、コンビニで食べられない」

「え？　二人とも寿司食った後にアイスとかパフェ食うの⁉」

　こっちはこっちで不思議な存在である。

　どうなってるんだ、女の子。

　夜ご飯を食べ終わって店外に出るとすっかり夜。流石に女の子だけで家に帰らすわけにはいかないということで、ハヤトは初めてタクシーを呼ぶことにした。

「ふ、前線攻略者（フロントランナー）になればタクシーに乗れるんですね！」

「別に前線攻略者（フロントランナー）にならなくても乗れると思うけど……」

「でも、お金がないと乗れませんよ！」

「それもそうだな。あ、そういえば前線攻略者（フロントランナー）の中にはタクシーでしか移動しないやつもいるぞ」

「本当ですか⁉」

「マジだ。藍原（あいはら）シオリって言うんだけどな」

　金持ちの話をしているとなんだか自分まで金持ちになったような感覚に包まれる。

「あっ、ハヤトさん！　タクシー来ましたよ！」

「早いな」

　思わずハヤトがそう漏（も）らしてタクシーを見るが、アプリ上に載っているタクシーのナン

バーとは別のもので、

「いや、あれはアプリで呼んだやつじゃないから別の人が予約したタクシーだよ」

「そ、そうなんですね」

澪はタクシーに乗るのが楽しみなのか、少しだけテンションの上がった声で言い、頷いた。

そのタクシーが通り過ぎた瞬間、ちょうどその後ろを走っていた黒塗りの車がハヤトたちの立っている歩道の近くに幅寄せして、停車。

「……ん？」

そして、後部座席から一人の少女が出てきた。

さらっとした長い黒の髪。生まれてこの方、一度も日焼けをしたことがないのではないかと錯覚してしまうような白い肌。そして、特徴的な金の瞳。

「……うわぁ、綺麗な人」

ハヤトの隣に立っていた澪が思わずそう漏らす。

そんな彼女が着ているのは漆黒のセーラー服。胸には剣を象った徽章。

普通の制服のように見えるが、実は防弾防刃用に加工されている特殊素材が使われているのだと、ハヤトは知っている。その制服はやがてハヤトが通うべき学校の制服であり、

終ぞ着ることがなかったもので、

「お久しぶりですね」

リン、とした声が雑音の中に響いた。

よく通る声だな、とハヤトは思いながら、すっかり自分と同じ背丈になってしまった少女を見る。

「は、ハヤトさん。お知り合いですか？」

「あぁ、昔のな」

ハヤトがそう言うと、目の前の少女は悲しげに目を細めた。

（……エリナがいなくて良かったよ）

《なぜだ？》

（絶対に面倒なことになったからだ）

心の中で断言したハヤトに、目の前の少女は告げた。

「昔とはつれないことを仰いますね」

「二年は昔だろ？　それに、俺とお前は家で顔を合わせる機会もそんなになかったしな」

ハヤトがそこまで言うと、ヘキサがびびっ！　と、目を丸くして驚いた。

《そうか、ハヤト。この子が……！》

（あぁ、そうだ。こいつが俺の）

「こんなにも兄様に会えるのが楽しみでしたのに」

——妹だ。

《本物か⁉》

（間違いねぇ。俺の妹だ……っ！）

ハヤトは苦虫を噛みつぶしたような表情を隠すことなく口を開いた。

「……久しぶりだな、アマネ」

天原天音。ハヤトより一つ年下の15歳で、名前に入る『天』が示す通り、〝天原〟を名乗ることを許された少女だ。

彼がどんな顔をすれば良いか分からずにアマネを見ていると、横に立っていた澪が息をのんだ。

「い、妹さんですか⁉　美人さんですね……！」

「あぁ、俺と違ってな」

「は、ハヤトさんも……イケメンだと思いますけど……」

澪の優しさが心に染みるが、今はそれどころではない。

なぜ、二年間も沈黙を保っていたアマネがここにやってきたのか。そこには必ず厄介な理由があるはずだ。そうでなければ、彼女がハヤトの下にやってくるはずがない。

「んで、何の用だよ」

「何の用かなど……アマネは二年間、追放された兄様を捜していたのです。けれど、音沙汰がなく、諦めかけていたそのときに兄様がAランクになられたというニュースが飛びこんできたので、いてもたってもいられなくなりまして……」

そう言ってわざとらしく泣き真似をするアマネ。

ハヤトはため息をついて、続けた。

「そりゃ悪かったな。それで……それだけか？」

「流石は兄様。もちろん、それだけではございません。兄様がAランクに昇格されたということで、〝天原〟では兄様を家に連れ戻してはどうかという話があがりまして」

……どの面下げてだ？

アマネの言葉に弾かれて、ハヤトの内心にどろりとした怒りが渦巻いた。

「しかし兄様の消息がなかなかつかめず、街の中を散策していると……なんと！　回転寿司から兄様が出てきたではありませんか！　やはり、努力は実を結ぶんですね。アマネ、感激いたしました」

ぐ、と拳を作ってそれを見せてくるアマネ。あざといまでの可愛さアピールに、思わずハヤトは頭を抱えた。

……めんどくせぇ。

めんどくさいのだが、この責任はアマネだけにあるのではない。彼女はあくまでも『家』の意思を告げに来ただけの通達者だ。彼女が悪いわけではない。

と、分かってはいるのだが、

「というわけで、兄様。アマネと一緒に家に帰りましょう。皆、兄様の帰りをお待ちしておりますよ！」

一人で盛り上がるアマネに、ハヤトは「悪いが」と切り出した。

「俺は戻るつもりはねぇ。可愛い弟子たちがいるからな」

そして、澪とロロナの肩に手を置いた。

無論、怒りに任せてアマネの誘いを断っても良かった。そっちの方が、ハヤトの内心はいくらかすっきりしただろう。だが、弟子たちの前でそんなみっともない姿は見せられない。

そんなわずかに残る、小さな虚栄心とも誇りとも分からないものに動かされた彼は、ふと気がついた。

……ロロナが震えている。

「大丈夫か？」

ハヤトの問いかけに、ロロナは彼のズボンをぎゅっと強く、痛いほどに強く握りしめると、ただただ首を縦に振った。

ならば、向かうべきはアマネだけか。

「まぁ、そういうわけでだ。俺は探索者を続ける。〝天原〟には戻らねぇ」

「そうですか。それは、仕方ないですね」

困ったようにアマネは、微笑む。

「お前、その考えごとをするときに笑う癖、直した方が良いぞ」

「ひどいです。ただ、アマネはどうしたら家に戻ってきてもらえるかと、考えていただけなんですよ？」

「考えごとをするときに、わざわざ『異界』を使うのか？」

ハヤトがそう言うと、澪が「えっ⁉」と、ひどく驚いた声を上げた。

先ほどまで周りにいた大勢の人間が、今や誰もいない。

いるのは、ハヤトと澪とロロナ。そして、それに相対しているアマネのみ。

《……ッ⁉　なんだこれッ！》

初めて見る異様な光景に、ヘキサも驚きを隠せない。

そこに広がるのは静寂。夜中の繁華街に、たった四人しかいないという摩訶不思議な景色だ！

（これは『異界』――『人払いの結界』とも言う。選ばれた人間を、普通の世界に上張りした異界に連れ去る術だ。古くは神隠しだとか、天狗攫いとか言われてたけど、実際は違う。『異能』が使う、戦場を生み出す技法だ）

《そんなことが……⁉》

（〝天原〟は魔を祓う一族。ここで言う魔は、悪を働く異能たちも含まれる。それらを人知れず狩るためには、潜む手法を生み出すしかなかった。それが、これだ）

《異能……？　お前の『星走り』みたいなものか？》

（違う。あれは誰でも使える技術だ。異能ってのは、そんなんじゃない。魔法とか、超能力とか、スキルとか、とにもかくにも、人間じゃない力を持っている奴らのことを指す。無論、こいつも異能だ）

ハヤトは動かない。ただ、微笑むアマネと睨み合うだけ。

だが、いかに落ちこぼれでも、天原ハヤトは知っている。

いかなる状況であろうとも、『異界』は宣戦布告の合図に他ならないと。

「な、なんですかこれ！　スキルですか⁉　それともマジック⁉」

『異界(シール)』のことなんて何一つ知らない澪がびっくりしたように周囲を見渡(みわた)す。

「……澪もロロナも一般人(いっぱんじん)だ。巻き込むのは、違反じゃないのか？」

「事故のようなものですよ。ええ、事故みたいなものです。だから、ちょっと怪我するくらい、許容できるでしょう？」

その瞬間、ハヤトの中で何かが弾けた。

〝【00：00：00】〟

〝アップデート完了(かんりょう)〟

〝【身体強化Lv5】【暗殺術】【護衛の要】をインストールします〟

〝インストール完了〟

遅(おく)れてハヤトの身体にスキルがインストールされると、ハヤトは静かに拳を構えた。両者、睨み合うこと数分。

先に戦闘(せんとう)態勢を崩(くず)したのは、アマネの方だった。

「ふふっ、冗談ですよ。兄様」

「何が冗談だって？」

『異界(シール)』を解除したのか、ハヤトたちの周囲に薄(うす)く幻(まぼろし)のような人々が現れると、それはどんどん色濃(いろこ)くなって、完全に喧噪(けんそう)が戻った。

「アマネは今の兄様が本当に強くなっているのか……それを知りたかったんです。でも、それは果たせました。お付き合い、感謝します」

アマネは丁寧に礼をすると、踵を返して車に乗った。

ようやく帰るか……？　と、ハヤトが安堵していると、後部座席の窓が開いた。

「天原には兄様の意思をしかと伝えておきますので」

「そうしてくれ。ついでにもう関わらないように言っておいてくれ」

「確かに承りました。……ああ、それと」

「なんだよ。早く帰れよ、もう……」

「六劫の娘が行方不明になったそうですが、兄様は行方を知りませんか？」

アマネがそう言うと、ロロナの手が一層強くハヤトの服を握りしめた。

ハヤトはそれに気がつかない振りをしながら、答えた。

「知らん」

「六劫の娘は、三十人以上の一般人を病院送りにし、数名を殺害した疑いのある異能の犯罪者です。すぐに捕まえないと、被害が拡大するでしょう。もし、ご存知であればすぐにでも、情報がほしいのですが」

「だから知らねぇって」

「そうですか……。それは申し訳ありません。では、アマネはこれにて失礼します」

そう言うと、窓が閉まりやがて、車は流れに乗ってどこかに行ってしまう。

その後には、まるで台風に見舞われたかのような三人だけが残された。

それからしばらく、三人は無言だった。ハヤトも澪も、ロロナも何も言わずに、やってきたタクシーに乗り込んだ。荷物はトランクルームに押し込むと、後部座席には、ハヤトを中心にしてその両方に弟子が座った。澪が家の住所を伝えている横で、未だにハヤトの服を握って放さないロロナだけが気にかかった。

《なぁ、ハヤト。『六劫』って何だ？》

（……異能の家だよ。魔法使いの家系で、『厄災十家』って呼ばれる反社会的行為が許されてた異能のことだ）

《許されてた？》

（そういう時代だったんだよ）

ハヤトとて、彼らの話を詳しく知っているわけではない。だが、彼らが普通の生活を送れるようになったとは、とてもじゃないが思えないのだ。

（昔はな、あったんだよ。『厄災十家』って呼ばれる家が。それぞれ一から十まで数字を与えられて非合法活動が許される代わりに、表では管理しきれない裏社会の異能を管理する）

《六劫とやらもその一つだと？》

（『一ノ瀬』『二宮』『三枝』『四辻』『五十嵐』『六劫』『七城』『八頭』『九鬼』『十文字』。どいつもこいつも、異能の名家……だった。昔の話だよ。今はもう、半分も残ってないけどな）

《そう、なのか》

（天原が潰したからな）

《そんなことが……》

（時代が変わったとかなんとか言ってな。表に降るか、それとも降伏するか。断れば全滅だ。俺も何度か討伐作戦には参加したよ。つっても、俺があげた戦果なんて何もないけどな。だから俺は家を追い出されたんだ）

そう言って、ハヤトはニヒルに笑った。笑わないとやりきれなかった。

車に揺られること数分。タクシーが停まったのは、どこにでもある小さなマンションの前だった。

「こっちです！」

ハヤトが支払いを終えると、澪はエレベーターのついていない階段を駆け上がって、その後ろを彼らはついて歩いた。

「今からお部屋を掃除するのでちょっと待っててください！」

「それが終わったら俺も帰るよ」

「お、お茶くらい出しますよぉ！」

『303』と記された部屋の前で澪はそう言うと、慌てて部屋の中に消えた。

ロロナはその間、何も言わずにじぃっと黙って立っていた。

ちらりとハヤトが視線を向けると、ロロナの大きな魔女帽子が邪魔になって顔が隠れてしまい表情は見えない。真っ白い手が一本ハヤトへと伸ばされているだけだ。

このまま互いに何も言わないままだと埒が明かないと思ったハヤトは、ロロナに視線を向けることなく口を開いた。

「ロロナは、六劫だったんだな」

「…………違う」

絞りだした小さな声。とても怯えた、弱々しい声。

「そうか。ロロナがそう言うなら、それでも良いよ。いつか、ロロナの事情をちゃんと教えてくれれば良い」

だが、考えてみればその前兆はいくらでも転がっていたのだ。

まず『ステータス』を頑なに見せようとしないのに、一方でMPやINTの値は惜しげもなく伝えてくる。だとすれば、彼女が見せたくなかったのは『ステータス』に表記されている名前だったんじゃないか？

次に不可思議だったのは魔法の発動時に発生する現象だ。スキルを起点にした魔法系のスキルはその全てが世界を捻じ曲げるような、視覚的影響を伴って発動する。だが、ロロナの魔法は世界が捻じ曲がらず、虹色の糸が寄り集まるような姿を見せていた。

そして、何よりもアマネが『六劫』の名を出してから、ずっとハヤトから離れようとしないのが、その証拠じゃないのか。

「別に答えなくても良いんだけどさ」

ハヤトは淡々と、言葉を吐き出す。

「家出して、探索者になって、師匠が〝天原〟になるって決まったとき、怖くなかったのか？」

天原が祓うのは〝魔〟である。ここでの〝魔〟に含まれるのは何もモンスターだけではない。人に仇なす異能たち。それも、天原が祓う〝魔〟なのだ。

そこには、六劫も含まれている。

「怖く、なかった」

だが、ロロナは即答だった。

「だって、ハヤトは……優しかった。モンスターを殺すのを、強制しなかった」

「そうか」

「……それに」

「うん？」

「それに、ハヤトは友達を……人質に取るようなことを、しなかった」

その言葉に、ハヤトは思わず言葉を失った。

《ひどいことをするんだな》

（……それが、異能の家だよ）

そも、まともであれば中学生なのに家から追い出して絶縁などしないだろう。

だが、彼らはそれをやる。そして、それが異能にとっての普通だと思っている。

「家にいたときは、痛いことばっかりだった。お仕事できないと、殴られた。蹴られた。すごく、痛かった。でも、本当は……あんなこと、したくなかった」

その『お仕事』というのが、一般人に危害を加えることだと、一般人を殺すことだと、分からないほどハヤトは馬鹿じゃない。

六劫の家は魔法使いの家系。そして、彼らの主な仕事は魔法を使った暗殺だ。

ロロナも若くして、その仕事を強制されていたのだろう。だが、耐えきれなくなって逃げ出した。それが、ハヤトに出会うまで。

「話してくれてありがとな」

ハヤトは彼女にどう言葉をかければ良いのか分からず、少し悩んだ末に素直に言うと、ぽん、と彼女の頭に手を置いた。

びくり、とロロナは目を丸くして驚くと、ハヤトを見る。

「……あ、悪い。つい癖で」

思わずハヤトは手を引いた。

Ａランク講習で頭を撫でるといった行為はセクハラになるから止めるようにと教わったばかりで、思わずハヤトの背筋を冷たいものが走る中――ロロナはハヤトの手を持つと、自分の頭に置き直した。

「……やめないで、欲しい」

「良いのか？」

「誰かに頭を撫でられたのは、初めて……だから」

「そっか、俺もまだ誰かに撫でられたことはないな」

「本当？」

「ロロナだって聞いたことあるだろ？　俺は天原の落ちこぼれなんだよ」

「……嘘。だって、ハヤトは私を守ってくれたもん」

ロロナはそう言うと、猫(ねこ)のように目を細めた。

「……これ、安心する。今度から、やって欲しい」

「頭撫でるのをか？　別に良いけど」

ハヤトはしばらく彼女の頭を撫でつづけていると、ふとあることを思いついた。

「なぁ、ロロナ。やっぱりお前、治癒士(ヒーラー)やんないか？」

「治癒士(ヒーラー)？　お昼の話？」

「そうだ。【重力魔法(まほう)Ｌｖ２】が使えないのは確かにもったいないけどさ。でも、【治癒(ちゆ)魔法】だって貴重な才能だろ？　だから、治癒士(ヒーラー)が良い。傷つけるんじゃなくて、誰かを治す魔法使いだよ。どうだ？」

「……でも、誰かを治したことなんて、ない」

ロロナは心配そうにきゅっと自分の手を合わせると……小さな声で続けた。

「それに……私が、誰かを治すなんて、おこがましい……」

「おこがましいもんか。ロロナは自分の過去と決別して、探索者になったんだ。だったらさ、家のことなんて全部忘れて、ロロナのやりたいようにやるのが一番だろ？」

「……良いのかな？　私が、誰かを治しても……良いのかな」

「良いんだ、ロロナ。誰もダメなんて言わないさ。それに治癒士（ヒーラー）は貴重だぜ？　有名になれば引っ張りだこだ。ロロナならきっとなれるさ」

「ほんと？」

「本当だ」

「なら、頑張（がんば）る」

　ロロナはその顔をあげると、ハヤトを見た。

　その目には強い意志があって、

「あとね、ハヤト。一つだけ気になることが、ある」

「どうした？」

「装備、タクシーに置きっぱなしじゃない？」

「あっ」

　ハヤトが走ってマンションの外に出ると、タクシーの運転手がまだ待っていてくれていた。

（最後の最後でかっこつかねぇなぁ……）

《何だお前、かっこ良いって言われたいのか？　そんなに言われたいなら私が言ってやるが》

（え、ヘキサは別に良いよ）

《じゃあこれから先、絶対言わないからな。何があってもなッ！》

（じょ、冗談だって！　拗ねんなよ！　大人げないぞ！）

ここからヘキサの機嫌が直るのに文字通り一日かかった。

第5章 ✦ 弟子（バンド）と師匠と探索者

「ご主人様、防具の中から手紙が出てきましたけど」

「手紙？　あぁ、それな。弟子（バンド）から食事会に誘われたんだよ」

「お弟子さん？　澪（みお）様ですか？」

昼ご飯を食べたばかりの昼休み。ハヤトが身体（からだ）を横にして休んでいるときに、エリナが防具の中から手紙を見つけた。

「いや、実はもう一人いてな。ロロナっていうんだが」

「え、お弟子さんを二人も取ったんですか？　大丈夫なんですか？」

「大丈夫か大丈夫じゃないかで言えば、ギリギリセーフだ」

「どっちなんですか」

エリナの問いかけに「大丈夫だ」とハヤトは返した。

ハヤトはダンジョンと家が近いのを良いことに昼に帰宅し、エリナが作ってくれた昼ご飯を食べるのが日課なのだ。

「それで、この間二人の装備を新調したんだけどさ。そのお礼ってことで、ご飯を作ってくれるんだって」

「素敵（すてき）なお弟子さんじゃないですか」

「そうなんだよ。んで、それが今日あるの」

「夜ですか？　なら、夜ご飯は作らなくても大丈夫ですね？」

「大丈夫だと思うんだが……。あの二人、ちゃんと料理できんのかな……」

《お前が料理の心配をするのか？》

炒飯（チャーハン）すらまともに作れなかった前科を持つハヤトは、チクリと痛いところをつかれ「ぐう」となった。

「最悪の場合、私が行けば良いですから。安心してください」

「それ本当に最悪のケースだろ。でもまぁ、弟子（バンド）がせっかく作ってくれるんだからさ。ちゃんと食べてくるよ」

「それにしても澪様は誰かに料理を振る舞われる前に、ご自身がお食事をちゃんとされた方が良いと思うのですが……」

「最近は顔色良いんだぞ？」

エリナが言ったのは、純粋（じゅんすい）に澪の栄養状態を心配してのことだろう。

ハヤトもそれには同感だが、探索者を始めてからというもの、ハヤトがご飯を奢ることが増え、それに伴って彼女の体調も良くなってきている。

「しかし、食事会ねぇ。あんまり良い思い出はないなぁ」

「ご実家のことですか？」

「ああ。昔はよく色んな家に呼ばれてたけど、いつ行っても誰かと比べられてばっかりだったからなぁ……」

ハヤトは手紙を見ながら昔を思い出して、そう言った。

「大丈夫ですよ。今ではご主人様が誰かと比べられるようなことなどないでしょう？」

「そりゃそうなんだけどさ。トラウマってやつだよ」

ハヤトはそう言うと、身体を伸ばして起き上がった。

《そういえばお前、ナイフとフォークって使えるの？》

「使えるわ！　馬鹿にすんな！　『星走り』のときに殴る方がナイフッ！」

《覚え方が独特すぎるだろ……》

ヘキサがハヤトに引いている横で、エリナから防具を受け取る。

「じゃあ、今日の帰りは遅くなると思うから。先に寝ててくれ」

「そんなことしませんよ。ちゃんとお帰りをお待ちしております」

「眠かったら寝ても良いんだぞ？」

「眠かったら次の日お昼寝するので大丈夫です！」

「そっか。その手もあったな」

ハヤトは笑うと、防具を着込んで探索に出かけた。


ギルドに入るなり、ピンクの髪が目に入ってきた。ユイだ。

……どうか見つかりませんように。

と、ハヤトが祈りながら受付に向かっていると、ピンク髪のツインテールが綺麗な螺旋を描いて振り返った。

「うわ、バレた」

「あ、ハヤトじゃない！　何が、『うわ』なの？」

やべ、話逸らさないと。

「ん？　知らないのか？『うわん』という妖怪がいるんだ。こいつは夜中に突然現れて、人を驚かす妖怪で……」

「それが今のハヤトと何が関係あるの？」

話題逸らし、失敗ッ！

《成功率低くないか？》

（負けると分かってても戦わないといけないときがあんのッ！）

《絶対に今じゃないと思うぞ》

しかし、ユイは「まぁ良いわ」と自分の中で話を完結させたので、これ幸いとハヤトは話を逸らしにかかった。

「なんでお前がここにいるんだよ、ユイ」

「これから27階層の攻略なの。ハヤトは？」

「……俺もそうだけど」

「じゃあ一緒に潜りましょう。その方が手間が省けるわ」

「手間を省くな。そもそもユイはクランメンバーと攻略してるんじゃないのか？　元々低階層にいたのだって、実力で駆け上がりたかったからだろ？　俺と潜っても良いのか？」

「良いのよ。だって、これから潜るのはリハーサルだもの」

「リハーサルぅ？」

「私が最初に攻略しておくことで、他のメンバーを危険から守れるでしょ？」

ハヤトはユイの言わんとすることを理解。というのも、その階層を一度攻略しておくのと初見で攻略するのとでは難易度が全く変わってしまうからだ。

「へぇ、ユイもちゃんと探索者してるんだな」

「縛るわよ」

「こわ……」

「怖いですって？　今一番ノリにノってるアイドルを捕まえて、よくもそんなことが言えるわね」

「自分で言ってて恥ずかしくないの？」

「事実を語るのにどうして恥ずかしがる必要があるのよ」

……強い。

ハヤトはすっかり根負けしてしまって、ユイと一緒にダンジョンを攻略することになった。

「27階層は来たことあるんだよな？」

「ないわ。でも話には聞いてるわよ。『砂漠』階層でしょ」

「そうだ。ちゃんと水分は持ったか？」

「スポーツドリンク三本持ってきたわよ」

「足りなくなるぞ？」

「２Lを三本よ」

「多すぎだろ……」

しかし、ユイの準備は正しい。

というのも、『砂漠』階層は太陽が出ている間は気温が50℃近くまで上がり、対策していなければ容赦なく熱中症や脱水症状が探索者たちに襲いかかる。

「日よけは？」

「帽子が入ってるわよ」

「じゃあ、潜るか」

本来の乾燥地帯であれば、ユイのようにオーバーな荷物は体力を消費するので良くないのだが、彼らは探索者だ。六キロくらいの重量など武器より軽い。

「荷物持とうか？」

「良いわよ。アンタ、前衛でしょ」

女の子の荷物は男が持つべきというヘキサのアドバイスを参考にしたのだが、断られてしまった。女の子って難しい。

「ま、気持ちだけ受け取っておくわよ」

「ユイってさ」

「何よ」

「意外と素直だよな」

「はぁッ!?」

「よし、潜るぞ！」

言ったもん勝ちということで、ハヤトは『転移の宝珠』に触れるとユイとともに27階層に飛んだ。

その瞬間、ひどく乾いた空気がハヤトを襲う。そして、次に襲ってきたのは異常なまでの寒波。

「さっむ……ッ！」

「ちょ、ちょっとハヤト！　どういうこと!?　『砂漠』だから暑いんじゃないの!?」

「夜は冷えるんだよッ！」

それこそが、この階層の真の恐ろしさである。昼は50℃近くまで跳ね上がる気温も、太陽が丘の向こうへと消えてしまえば、気温はマイナス30℃まで下がるのだ。

《ダンジョンの脅威はモンスターよりも自然かもな》

（言ってる場合かッ！）

〝【火属性魔法Ｌｖ５】をインストールします〟

〝インストール完了〟

ハヤトはたまらず火を熾す。

冷たい月明かりが降り注ぐ中、それを弾くようにぼっと柔らかい光が生まれると、

「あったか……」

「生き返るわ……」

二人して火を囲んでいる光景を見ると、とてもじゃないが攻略しに来たとは思えない。

まるでキャンプだ。

「昼と夜で気温が違うのね。メモ取っておくわ」

「真面目……」

「真面目じゃないわよ！」

それは怒るようなことなのか、と思わないでもないが何か言ったらまた怒られそうだったのでハヤトは黙った。

「これってどれくらいで昼になるの？」

「二時間だ」

「え？」

「日が沈んでから二時間で昼になる。そしたら、すぐに気温は30℃から40℃まで上がるぞ」

「寒暖差で死にそうね」

「ヒートショックを起こすかも知れないから気をつけろよ」

「どうやって気をつけるのよ」

夜の砂漠は砂を月の光が妖しく照らすことで、静謐さをまとっていた。空気そのものが神秘性を帯びているかのような錯覚を抱きながら、誰の足跡もついていない砂の上をハヤトたちは踏みしめていく。

まっさらな大地に足跡が刻まれると、まるで自分たちが最初にこの階層を攻略しているような気になるが、それは間違いだ。ただ、強風が吹き抜ける中で、足跡という存在を消しているにすぎない。

「そういえば、アンタ。弟子とはどうなの？」

「仲良くやってるよ。この間、装備を買いに行ったばかりだ」

「ちゃんと師匠やってるのね」

「まぁな」

吐き出す息が真っ白に染まる中、ハヤトは少しだけ灯火の火力を強めた。

「今回の昇格で『戦乙女's』は全員Bランクだったよな？　誰かAランク探索者になるかと思ったんだけどな」

「私たちは専業探索者じゃないもの。Aランクにあがるには、まだ足りないわ」

「でも、次はAランクになるんじゃないのか？」

「そうしたら、弟子を使って二期生を作るってマネージャーが言ってたわ」

「二期生？」

「後輩ってことよ」

ハヤトたちは目印のない砂漠を、上空の星を頼りに進んでいく。

「ちょっと、ハヤト。これって方向は合ってるの？」

「合ってるぞ。あそこに白い星が光ってるのは見えるか？」

まっすぐ空に向かってハヤトが指を指すと、その横にユイが並んだ。

「どれ？」

「ほら、周りに星が少なくて一つだけ強い光の星があるだろ？」

「見つけたわ」

「あれが手がかりだ。あれを目指してまっすぐ歩けば良い」

「動かないの？」

「北極星みたいなもんらしい。攻略アプリに書いてあったぞ？」

ハヤトがそう言って隣に立っているユイの横顔を見ると、月明かりにうっすらと照らされた彼女の顔が驚くほど美人で、

「どしたの？　ハヤト」

「いや、何でもない。攻略を続けよう」

思わず黙り込んでしまったハヤトに、ユイは首を傾げる。

しかし、『びっくりするくらい美人だった』なんて言えるはずもなくて、ハヤトが足早に階層主部屋に向かおうとしたその瞬間、

『SHAAAAAAAAAAA!!』

砂煙を噴き上げて、巨大なスカンクが出現したッ！

「ユイ、下がれッ！」

ハヤトは言うが早いか、暖を取るために生み出していた炎をスカンクに向かって投擲した。ボンッ！　と、炎が壁のように広がると、その炎に乗じてハヤトは自分の身長近くもある大斧を生み出した。

《斧？》

（たまには新しい武器を使うべきだろ？）

〝【凶行なる破砕】【猛毒耐性】【悪臭耐性】をインストールします〟

〝インストール完了〟

最後なんか変なスキル入らなかったか⁉

と、ハヤトが確認するよりも先に、巨大なスカンク――デッドリー・スカンクは全身の毛を逆立てた。

「……ッ！」

咄嗟にハヤトは斧をデッドリー・スカンクとの間に立てると、

ガガガッ！！！

デッドリー・スカンクの身体から射出された体毛が、弾丸のように斧に突き刺さった。

「ちょっと！　スカンクなのになんでハリネズミみたいな攻撃してくるのよ！」

「文句はあとだッ！　連続攻撃来るぞッ！」

ハヤトがそう叫ぶと同時に、デッドリー・スカンクはその巨体をバネにして遥か上空へと飛び上がった。

「面倒ね。『麻痺』ッ！」

だが、空に飛んだスカンクにユイの状態異常攻撃が炸裂。

雷が空気を切り裂いたような音が響いて、デッドリー・スカンクの身体が硬直して、地面に倒れた。

「ナイスッ！」

「私を誰だと思ってんのよ！」

ハヤトはその瞬間、【凶行なる破砕】を発動。【鈍重なる一撃】の上位スキルである攻撃スキルが煌めいて、スカンクの頭を巨大な斧が両断。次の瞬間、モンスターは黒い霧になって散った。

「ハヤト、何かドロップした？」

「デッドリー・スカンクの毛皮が落ちたぞ」

ハヤトはそれを拾い上げると、ユイに手渡した。

「良いの？」

「寒いだろ」

「……ありがと」

デッドリー・スカンクの毛皮は、体温調節機能がある。防具の上から羽織るだけでも、この寒暖差が激しい気候の対策になるはずだ。

そう思って歩くこと十数分、地平線の遙か先から太陽が昇りはじめた瞬間、一瞬にして寒波が吹き飛んだ。

「……あちぃ」

「これ涼しいわね」

すっぽりと頭からデッドリー・スカンクの毛皮をかぶっているユイは、ハヤトと違って涼しげな顔。

砂漠は高温だが、湿度は低い。そのため、日の光から身を守るように長袖を着た方が涼しいのだ。さらにデッドリー・スカンクの毛皮は周囲の温度に対して、内部の温度を一定にする性質を持っているため、昼だろうが夜だろうが関係なく使える便利アイテムである。

「ハヤトも入る？」

「二人で？　入れるのか？」

「試しにやってみましょ」

「絶対狭いだろ……」

とか言いつつ、暑いのが嫌なハヤトはユイの言葉に従って、彼女と一緒にデッドリー・スカンクの毛皮に入った。いくらユイがすっぽり包まれるほどの大きさとはいえ、流石に二人が入れるほど大きくはない。

ぎゅうぎゅうになった毛皮の中では、ユイの熱と甘い匂いが漂ってきてハヤトは硬直。

「……こっちの方が暑いだろ」

「……そうね。失敗だったわ」

ということでハヤトは、毛皮から出ると炎天の下、『安全圏』を目指して進む。

この階層の地図は上位のクランが独占しているので、ハヤトのような単独探索者は自分で地図埋め(マッピング)をするのだ。

「『安全圏(セーフエリア)』を見つけたら、今日は帰りたい」

「早いわね？　なんか用事でもあるの？」

「可愛(かわい)い弟子(バンド)たちと食事会があるんだ」

「弟子(バンド)たち？」

「あぁ、そっか。言ってなかった。俺はこの間、弟子(バンド)を二人ッ⁉」

その瞬間、ずぼっ！　と、ハヤトの身体が砂の中に埋まった。流砂(りゅうさ)型の罠(トラップ)である。

「ちょっと、ハヤト？」

「罠(トラップ)に引っかかっちまった……」

「もう、気をつけなさいよ」

ユイはため息をつきながら、ハヤトの身体を引っ張り上げた。

現実の流砂であれば絶対にNGの行動だが、二人は探索者である。

「私がいなかったらどうしてたのよ」

「……どうしようもなかったな」

こういう罠(トラップ)は一人でも抜け出せないことはないが、下手すれば数十分かかる。

「私がいて良かったでしょ？」

「……悔しいけどな」

「何が悔しいのよ。ちゃんと感謝しなさいよ」

そんなこんながありながら、二人で地図埋めをしていくと……無事に『安全圏』を見つけたのでギルドに帰還。時間があるときは、『安全圏』を中継しながら階層主部屋まで向かうが、時間がないときは『安全圏』を見つけて帰還するのが探索者のあるあるなのだ。

「今日は『安全圏』まで進めて良かったわ。これで他のメンバーに自慢できるわね」

「お前が潜ったのは自慢するためじゃなくて、他のメンバーの安全を確保するためだろ」

「自慢するためよ！」

「はいはい」

「適当に流すのやめなさいよ」

ハヤトとユイは二人並んで素材を売却。

今からタクシーに乗って澪の家に向かえばちょうど良い時間帯だろう。そう思ってギルドから出ようとすると、そこにハヤトの二人の弟子が立っていた。

「あれ？　どうしたの？」

「ハヤトさんを迎えに来たんです！」

「……ついでに、買い物する」

そう言った澪とロロナの視線がユイに向かう。

「あ、ユイさん。こ、この間はお世話になりました」

ぺこり、と頭を下げる澪とは反対に不思議そうにユイを見るロロナ。

「……誰？」

「は、ハヤトさんのお友達の探索者さんだよ！　アイドルをやってて、私がハヤトさんの弟子になるときに面接してもらったの！」

……面接っていうか、普通の世間話だったけどな。あれ。

「それに『戦乙女's』っていうアイドルクランに入ってるアイドルの人なんだよ！　美人さんでしょ？」

「……うん。顔、可愛い」

そう言って頷くロロナ。

一方のユイは褒められているというのに、微妙そうな表情を浮かべており、

「……私ってもしかして、そんなに有名じゃないの？」

「なんで俺の方を見るんだよ」

ハヤトも有名人には詳しくないのでユイから助けを求められても困るのだ。

「どうしてお二人はご一緒なんですか？」

「さっきまで一緒に攻略してたからよ。私とハヤトはバディだし」

なった覚えはないけど……。

「え、そ、そうだったんですか⁉」

驚いた澪は慌てて口ロナに耳打ち。それを聞いたロロナが首を縦に振ると、澪が口を開いた。

「そ、その！　良かったら、ユイさんも食事会に参加されませんか？」

「え、良いの？」

「はい！　だって、ご飯はみんなで食べた方が美味しいじゃないですか」

「参加するわ！　今日はこの後暇だったし」

「は、ハヤトさんも大丈夫ですよね？」

「良いよ。ユイがいると話題には困らなそうだしな」

「ちょっとそれ、どういう意味よ」

「コミュ力高いから助けてもらえるなって」

「……褒められてる気がしないわね」

そう言ってジト目でこちらを睨んでくるユイ。とはいえ、この間の焼肉でユイが場を回していたのは事実である。彼女がいれば場が盛り上がるので、食事会にぜひともいて欲しい人物であることには違いない。

なんてことをユイに伝えると調子に乗るから絶対に言わないが。

「でしたら買い物に行きましょう！　献立(こんだて)はこれから考えます！」

「どこで買うんだ？」

「私の家の近くに大きなスーパーがあるので、そこにしようかと」

「お、良いな。俺スーパー入ったことないからテンション上がるわ」

「ハヤトさんってたまに凄(すご)い冗談言いますよね」

「……本当なんだけど」

なんて言う澪たちとともにハヤトはスーパーへ。

生まれて初めて入るスーパーにハヤトが感動したのは言うまでもない。

スーパーで食材を買い込んだハヤトたちは澪の家に行って料理をしようとしたのだが、ゲストということでハヤトとユイはリビングに押(お)し込まれてしまった。

「ロロナって子もハヤトの弟子(バンド)なのよね？」

「そうだよ」

ハヤトがそう言うと、ユイは急に近寄って小さな声で聞いてきた。

「ここに住んでるの？」

「……分かるのか？」

「分かるわよ……。だって、違う趣味の服が二種類あるんだもの」

そう言ってユイは少しばかり部屋の中を見渡した。

リビングにあるのは小さなテーブルと、同じように小さいテレビ。タンスや、ハンガーにかけられた制服なども見受けられるが、それに加えてロロナの服もつるされている。

普通なら家族のものと思うところだが、ユイも澪の現状を知っているため、その可能性を排除したのだろう。

「ロロナも訳ありなんだよ」

「アンタの周りって訳ありな人間しか集まらないの？」

「訳のねぇ人間なんていねえだろ」

ユイの言葉にハヤトは肩をすくめる。

その端で宙に浮いていたままのヘキサは壁にかけられた服を見て、小さく漏らした。

《無防備だな》

（何が？）

《異性が来るのに部屋の中に服をかけておくか？》

（……さぁ。俺の部屋に異性が来たのってヘキサとエリナだけだし）

《お前の部屋は収納がないから話が違うと思うが》

ヘキサはため息をつくと、ハヤトたちと同じように部屋を見渡した。

《それにしても、部屋の中に女の子らしいものというか、中学生らしいものは制服くらいか》

（それがどうかしたのか？）

《いや。ただ、欲しいものもたくさんあるだろうと思っただけだ》

ヘキサはそう言って、キッチンの方を見た。

その向こうでは、澪とロロナの料理する音が聞こえてくる。

「あの子たち料理できるのかしら」

「流石にできるんじゃないか？　澪は焼肉屋でバイトしてたくらいだし」

「あの子はホールでしょ。キッチンじゃないから料理はしてないと思うわよ」

「ホール……？」

「お客さんから注文もらったり、配膳したりするバイトのことよ。料理はしないことが多いわ」

「ああ、そういうことか。つっても、澪は一人暮らしだから自炊くらいしてると思うんだけどな」

「でもアンタは一人暮らしでも自炊してないでしょ」

「え、なんで分かんの？」

「スーパーに入ったことない人間が自炊してるわけないじゃない」

「おっしゃる通りで……」

ハヤトがユイの正論にひれ伏すと、ちょうどキッチンにいたロロナが料理を持ってきた。

「お、パスタじゃん」

「ミートソースパスタ。初めて作った」

大皿に盛りつけられたパスタと一緒に紙皿を持ってきたロロナは、小さなテーブルの上に慣れない手つきで配膳していく。ロロナも料理はしたことなさそうだな、と自分のことを棚にあげてハヤトは判断。

《今度からお前もエリナの手伝いくらいしたらどうだ？》

（キッチンに立たせてくれるかな……）

《頼み込め》

ハヤトたちが言葉を交わしている間に、ユイがパスタを取り分ける。

「上手いな、分けるの」

「私、女子力高いもの」

「それ関係あんの……？」

ハヤトが首を傾げていると、澪がサラダとスープを持ってやってきた。

「美味そうだな」

「いっぱい作ったんでたくさん食べてください！」

「澪は普段から料理するのか？」

「バイトがない日は作ってます！　自炊が一番お金がかからないですから……」

思わず「モンスター食べるのが一番安いぞ」と言いかけたがなんとかその言葉を呑み込んだ。

「一人暮らしだと外食とそんなに変わらないんじゃないの？」

「そんなことはないですよ？　作り置きとかすれば安くなります」

「アンタ、女子力高いわね」

「そ、そんなことないですよ～！」

すっかりユイが女子力スカウターになってしまったので、ハヤトが「食べようか」と言ったら「アンタなんもしてないじゃない」と突っ込まれてしまった。

「食べてください！　食べて味の感想を言ってください！」

「ん……。あ、美味しい」

ハヤトは一口ミートソースパスタを食べて思わずそう漏らした。

「ほんとね。美味しいわ。これソースから作ったの？」

「はい！　トマト缶（かん）とか使って作りました」

「器用ね。今度料理教えなさいよ」

「え？　わ、私で良ければ！　でも、ユイさんって一人暮らしでしたっけ？」

「『戦乙女s（ヴァルキリーズ）』でYouTubeチャンネルを作る話があがってるんだけど、料理対決を動画にしようって話があるのよ。私はそこで優勝したいの」

「わ、私の料理で大丈夫ですかね……？」

「自信持ちなさい！　この料理なら1位間違いなしよ！　そもそも、他のメンバーもそんなに料理しないし」

思わぬ裏事情を聞きながら、ハヤトはフォークでパスタをくるくると丸める作業にいそしむ。これが楽しいのだ。

「あ、そうだ。紙エプロンありますけど、つけますか？」

「お願いするわ」

「紙エプロン？」

「服に汚れがつかないようにするのよ」

「俺はいいや」

《エリナが泣くぞ》

（そもそも服を汚さないから）

ハヤトの家には洗濯機がないので、かつての洗濯は手洗いだった。そのときに服を強くこすればすぐに服が傷んでしまいダメになるので、ハヤトはなるべく私服を汚さない術を身につけてきたのだ。ハヤトの数少ない特技である。

ちなみに今はコインランドリーを活用している。

「そういえば、ハヤトさんとユイさんって付き合ってるんですか？」

「げほっ！　げほっ！」

澪の問いかけに、ユイが咳き込んだ。

その瞬間、ミートソースがハヤトの服に付着。俺の服がッ！

「ちょ、ちょっと！　なんでそんなこと聞いてくるのよ！」

「え、ち、違うんですか⁉　だって、お二人は仲良しですし、距離も近いですから……」

「ち、近くないわよ！」

「いえ、近いです」

澪がそう言うと、ユイは少し思案するように視線を持ち上げ、

「……付き合ってるように見える？」

「は、はい。お話ししてるのを見てたら、付き合ってるのかなって」

「ふうん。そうなんだ。そう見えるんだ」

満更(まんざら)でもなさそうに頷いているユイ。

一方で服を汚されたハヤトはひどく冷静に、

「いや、付き合ってないぞ。ユイと距離が近く見えるのは友達だからだな」

そう言った瞬間、ユイに蹴(け)られた。なんでだよ。

「え、そうなんですか⁉」

しかし、澪は思っていた答えと違ったからか、驚きながらユイに聞いた。

「……ハヤトの言うとおり、アイドルは恋愛(れんあい)禁止だから私は誰とも付き合ってないわよ」

「そ、そうなんですね……。すみません、勘違(かんちが)いしちゃって……」

「気にしなくても良いわよ」

少しだけ不機嫌(ふきげん)になったユイだったが、顔には出ていない。

……俺なんかミスった？

《お前はもう少し女心を理解する必要があるな》

（それ探索に関係ある？）

《そんな返答をしている内はまだまだだな》

（…………）

分が悪いと判断したハヤトはスープを飲むことでごまかした。

澪とユイが何やら続けて話している横で、無言で食事を進めていると……ロロナが会話に入っていないことにハヤトは気がついた。

「どうした？　ロロナ」

「ううん。楽しいなって、思って」

「そうか。澪とは楽しくやれてるか？」

「……うん。澪は、素直で良い子。友達」

「それは良かったな」

「うん」

「…………」

会話、終了。

流石にこれで終わるのは気まずいので、ハヤトはなんとか話題を絞りだす。

「ロロナは、昼間はどうしてるんだ？」

「ここで、本を読んでる」

「本好きなのか？」

「うん。面白(おもしろ)い」

ロロナは学校に行っていない。というか、学校には行けなくなったと言っていた。

その理由は聞いてないが、家に関係することだろうということは容易に推測できる。

「ハヤト」

「ん、どうした？」

「私、治癒士(ヒーラー)になる」

「決めたのか」

ハヤトがそう聞くと、ロロナは小さく頷いた。

「ハヤトが、これからは自分で決めて良いって、言ってくれたから。私が、誰かを治しても良いって、言ってくれたから。だから、これからも教えて欲(ほ)しい」

「任せてくれ」

ハヤトはロロナの頼みに頷くと、そっと彼女の頭を撫(な)でた。

ロロナはくすぐったそうに微笑(ほほえ)んだ。

（ロロナの動きも随分と形になってきたな）

《そうだな。まだ、ところどころ不安もあるが……もう問題はないレベルだろう》

食事会から数日。1階層を突破した澪たちは、ハヤトの監視の下で2階層の攻略に精を出していた。

「はっ！」

澪の気合いの入った声が迷宮の中に響くと、ゴブリンの身体を剣が大きく切り裂く。だが、筋力が足りずに一撃ではゴブリンを絶命させられない。小鬼の身体から真っ赤な血があふれ出し、レンガの床に飛び散った。

手負いのゴブリンはなんとか腕を伸ばすと、澪の右腕を掴んで攻撃を阻止。だが澪はとっさにゴブリンに向かって体当たり。その瞬間、ゴブリンがひるんだ。

「いまっ！」

大きく声を出しながら澪の振るった剣が、ゴブリンの首を見事に刎ねる。その瞬間、彼女の防具についていた返り血とゴブリンの死体が黒い霧へと変貌。ドロップアイテムは何も出なかった。

「澪、腕出して」

「だ、大丈夫(だいじょうぶ)だよ！　まだ動けるし」

「ＭＰが余ってるから」

ロロナがそう言うと、澪はおずおずと腕を差し出した。

それに長杖(ちょうじょう)を向けてロロナが振るうと、澪の腕に虹(にじ)の糸が絡(から)みついてギプスのように一瞬だけ形を作って、弾(はじ)ける。すると、きれいな腕が姿を見せた。

「どう？」

「痛くない！　治ったよ、ロロナちゃん」

「良かった」

無表情な顔をわずかにゆるめて、ほっとため息をつくロロナ。

そんな様子を見ながら、ハヤトはヘキサに告げた。

（澪の動きも……この調子なら問題ないな。すぐに中域攻略者(ミドルランナー)になれるだろ）

《あれだけ低いステータスでよく戦うものだ》

無論、澪が単独(ソロ)でやっていくならハヤトはとてもじゃないが、ＯＫは出せないだろう。

彼女の戦いはあまりに危険すぎる。だが、彼女は一人ではない。

（ロロナが後ろにいるからな。低いステータスでも、それを補う仲間がいれば、強さはステータス以上になるってもんだ）

ユイやシオリとの経験を踏まえてハヤトがそう言うと、ヘキサもそれに頷いた。

《そうだな。ステータスはあくまでも本人の身体能力をスコアにしたものに過ぎない。人間が連携することによって得られる強さは、数字にはできんよ》

（だからみんな、バディ組んだりパーティー組んだりして攻略してるんだろうなぁ……）

《単独探索者は報酬を独り占めできる以外のメリットはないからな》

（俺みたいな友達いないやつでもダンジョンに潜れるっていうメリットがあるが？）

《自分で言ってて悲しくならないのか》

（ちょっとだけ……）

ハヤトは澪たちから視線を外すことなくヘキサと話しあう。

その横では怪我が完治した澪がポーチの中から紙の地図を取り出して、

「こ、こっちのはず！」

地図とダンジョンの間で、視線を行き来させながら、恐る恐る進み始めた。

１階層の攻略ではハヤトも口を出すことが多かったが、２階層の攻略は澪とロロナに任せている。自分で考え、自分で進む。それができないと、探索者にはなれない。

「そろそろ階層主部屋だよ！」

「２階層の階層主は、なに？」

「『コボルト・リーダー』だって。他のコボルトたちよりも身体が大きくて、戦ってる最中に他のコボルトを召喚（しょうかん）することもあるらしいよ」

「……澪、大丈夫？」

「もちろん。任せて」

心配そうに澪の顔を覗（のぞ）くロロナに、澪は明るく返す。

何度かモンスターとの戦闘（せんとう）を交えながらも、澪が先導すること十数分。ようやく、階層主（ボス）部屋の前にたどり着いた。

開いた扉（とびら）をくぐり抜けて、三人が部屋の中に入ると……音を立てて扉が閉まる。

『ＷｏｏｏｏｏｏＯＯＯＯＮ！』

刹那（せつな）、部屋の中から聞こえてきたのは狼（おおかみ）のような遠吠（とおぼ）え。

ビリビリとしびれるような大音量に、たまらず澪とロロナは耳を塞（ふさ）いでしまう。その隙（すき）を埋めるように天井（てんじょう）から巨大なコボルトが落下！

現れたのは、普通のコボルトの三倍はある巨大なコボルト。

（こんなデカかったかな？）

二年前に一度戦ったことのあるハヤトはコボルト・リーダーの姿を見てそう漏らす。

《モンスターの大きさには個体差があるからな》

（そりゃそうだけどさ）

ダンジョン内に出現するモンスターの大きさはランダムだ。通常種よりも大きいモンスターや小さいモンスターが階層内に出現することは普通にある。

そして、モンスターは大きい方が強い。体重差やリーチ差など、身体が大きいというだけで戦いは有利に働くからだ。だから体格が小さい方が倒しやすいのだが、一方で大きいモンスターの方が希少（レア）なアイテムを落とすと言われている。探索者としては悩（なや）ましいところだ。

「行くよ、ロロナちゃん」

「……うん！」

澪はそう言って地面を蹴った。低く剣を構えて、コボルト・リーダーを突撃（とつげき）。

コボルト・リーダーは巨大な棍棒（こんぼう）を大きく振り上げると、迫（せま）り来る澪に向かって大きく振り下ろした。澪はバックステップでそれを避（さ）けると、棍棒が地面を打ちつける激しい音がハヤトの耳に届く。

空振（からぶ）ったコボルト・リーダーに生まれるのは一瞬の隙。

「はァッ！」

防具を着けていない丸出しのコボルト・リーダーの腹に澪の剣が突き刺さる。さらに澪は突き刺した剣を捻ることで追撃。コボルト・リーダーの内臓をえぐったッ！

『ＧＹＡＡＡＡＡＡＡ‼』

コボルト・リーダーは苦痛に顔をゆがめると、まるで小バエでも振り払うかのように澪の身体を平手で叩いた。

「きゃあっ！」

「澪っ！」

甲高い悲鳴を上げて、澪の身体が吹き飛ばされる。そのまま地面を二回跳ねて、澪の身体が停止。後頭部を大きく打ち付け血を流している澪に向かって、慌ててロロナが長杖を掲げると虹色の糸が負傷箇所を覆った。【治癒魔法】による戦闘時回復だが、それは大きな隙になる。

澪の頭を虹の糸が覆っているのを見たコボルト・リーダーは空気を大きく吸い込むと、ぐぐっ……と、その身体を数倍に膨れ上がらせた。そして、

『ＷｏｏｏｏｏｏＯＯＯＯＮＮＮＮＮ！！！』

再びの咆吼。だが、今度は威嚇の叫びではない。

ぼこり、と地面から小さな腕が出現すると、それを合図に無数の腕が地面を突き破った。

その腕々は、地面をしっかりと捉えて身体を地面から引きずりあげると、ハヤトたちの前

に姿を現す。

「……五体か」

ハヤトが小さく漏らす。

コボルト・リーダーが召喚したコボルトは合計五体。無論、一体一体を取ってみればハヤトはおろか、澪ですらも敵にならないモンスターだ。

だが澪は負傷しており、ロロナも火力を期待することはできない。

《随分とピンチだな》

（だが、これくらい超えないとこの先は厳しいぞ）

その瞬間、虹の繭がほどけて澪が起き上がる。

そして、目の前にいるモンスターたちを見てわずかに息を漏らした。

コボルト五体にコボルト・リーダーという強敵を前にして澪が何を考えているのか、ハヤトには手に取るように理解できた。

「……っ！」

澪の顔は恐怖に染まり、手に持っている剣がわずかに震えている。そのすぐ後ろにいるロロナも同じように恐怖の表情に染まっていく。

ロロナは、【重力魔法】を使うかどうかためらっているようにも見えた。だが、彼女の中に残っている怯えがそれを許さない。長杖は身体の震えを表すように、かしゃかしゃと音を立てて激しく震え出す。

対するコボルト・リーダーは、澪の一撃によって腹から血を流しながらも、わずかに口端を持ち上げた。勝利を確信した笑み。

その瞬間、澪の視線が遙か後方に控えていたハヤトに向かった。

言葉にしないが、もはやそれは喋っているのと同等だ。『助けてください』と。

「澪、ロロナ。よく聞け」

だから、ハヤトは彼女たちに語りかけた。

その瞬間、空気がピリリと凍り付く。腐ってもハヤトは前線攻略者。２階層の階層主如きが相手にできるレベルではない。だからこそ、その場にいた全ての生物が動きを止めた。

彼が動いた瞬間、全ての決着がつく。

「……どうしたの？」

「は、はい」

「俺の教えその３だ。『絶対に諦めるな』」

だが、それでは……ハヤトが彼女たちを助けてしまえば、戦いの意味がなくなってしまう。

《雑なアドバイスだな》

（こういうのは自分で気づくところに意味があんの。お前だって、それくらい分かってるだろ？）

ヘキサはハヤトの言葉にそっと微笑むと、再び澪たちの戦いに目を戻した。

「聞いて、澪」

「どうしたの？　ロロナちゃん」

口を開いたのは、ロロナ。

彼女はぎゅっと長杖を握りしめると、コボルト・リーダーを指さした。

「ちょっと前に、聞いた。階層主に呼び出された雑魚は、階層主を倒せば……戦わなくても良いって」

「本当に？」

澪の問いかけにロロナはこくりと頷いた。

「もし、それが本当なら……ここでコボルト・リーダーを倒せば、勝てる」

「分かった」

ぎゅ、と強く澪が自分の剣を握りしめる。

「ロロナちゃん。援護よろしくね」

澪はそう言って、地面を蹴った。大きく前傾姿勢を取って、放たれた矢のように駆け出した澪の動きは……遅い。今のハヤトから見ても、遅すぎるくらいだ。

『Uoooooooooo N！』

だが、コボルト・リーダーにとっては自分と同格の探索者。決して無視できる相手じゃない。

だからか、コボルト・リーダーはすぐさま手に持っていた棍棒を地面に何度も叩きつけて、周囲にいるコボルトたちを後ろから威圧。それを恐れたコボルトたちが澪に向かって駆けだした。

「……っ！」

わずかに息を短く吐き出すと、迫り来るモンスターたちを避けて、避けて、避け続けて、血を流し続けるコボルト・リーダーに向かう。

「はァッ！」

そして、一気に距離を詰めると剣を振るった。

バズ、と低い音が響いてコボルト・リーダーの胴体に澪の剣が食い込む。だが、それでは斬れない。まだ足りない。

コボルト・リーダーの分厚い表皮と筋肉には、澪の膂力では有効打を与えられない！

「まだまだッ！」

だが、澪は剣を振り切ると同時に空中で前転。強引に剣と自分の位置をリセットすると、活路を切り開いたッ！

「……すごい」

澪の曲芸じみた行動に思わずハヤトも息を漏らす。

ステータスが低いからと諦めなかった少女の、執念の一撃が、

「これで――」

躊躇うことなくコボルト・リーダーの心臓に突き刺さった。

『ShuuuuUUUU！！！』

だが、それでコボルト・リーダーは止まらない。

心臓を潰されたというのに、階層主モンスターの意地を見せるかのようにコボルト・リーダーは澪に向かって手を伸ばして、

「――終わりッ！」

だが、それが届くよりも先に澪が剣を跳ね上げた。

左胸を貫いていた剣が肩から抜けると、コボルト・リーダーの身体から信じられないほどの血液があふれ出す。

その傷はコボルト・リーダーの致命傷。身体を大きく倒すと死体は黒い霧へと変質して

いく。それはモンスターの死。彼女は自分たちの力だけで階層主(ボス)モンスターを討伐(とうばつ)したのだ！

「澪！」

遥(はる)か後ろに控えていたロロナが澪の下に駆け寄っていく。

「……ロロナちゃん」

階層主(ボス)の返り血をまっすぐ浴びた澪は、疲労(ひろう)のために大きく膝(ひざ)をついた。だが、それを追撃しようとするモンスターはいない。コボルト・リーダーによって召喚されたコボルトたちは、自分たちのボスが死んだと見るや否(いな)や地面の中へと逃(に)げ出したからだ。

「よくやったな、澪」

「は、はい！　私たちだけで、倒せました……！」

疲労困憊(こんぱい)の澪の下にハヤトが近寄っていくと、彼女はなんとか起き上がって綺麗(きれい)な笑顔(えがお)を作った。

「ロロナも階層主(ボス)が雑魚を呼び出すときの戦い方をよく思い出したな」

「……うん。でも、知ってただけだから」

「知ってることを思い出せるのは凄いんだぞ」

ぎゅっと錫杖(しゃくじょう)を握りしめるロロナにハヤトはそっと微笑む。

　そして、頭をそっと撫でた。

「……む！」

　それを見ていた澪は、思わずうなってハヤトを見た。

「どうした？　澪」

「な、なんでもないです……」

　しかし、ハヤトから視線を送られた澪は慌てて視線を外すと……視線の逃げ場を探すように、ボスのドロップアイテムを見た。その瞬間、澪は驚いた猫のように、びびっ！と身体を震わせると、

「わっ！　ハヤトさん！　階層主（ボス）が何かドロップしてますよ！　なんか水晶みたいなやつ！」

「水晶？」

　ハヤトが知っている水晶のようなアイテムといえば状態保存珠（ホルダージュエル）くらいだが、２階層の階層主（ボス）がそんな強力なアイテムをドロップするだろうか？

　そんなことを考えながら、ハヤトは澪が持ってきた水晶球に目をやった。

　小さな澪の手の平にすっぽりと収まってしまうくらいの大きさで、透明な結晶の中では煌めく遊色が見る角度によって変化している。

「……んだこれ」

ハヤトは思わず目をこらすと……澪と同じように総毛立った！

「こっ、これ！　『スキルオーブ』だぞ！」

「えぇっ！　『スキルオーブ』ですか⁉」

スキルオーブ。

それは使用することで、スキルを覚えることができる人智（じんち）を超えたダンジョンの産物。

しかも、覚えたスキルはすぐに使い方を理解できるというおまけ付きである。

「な、なんでこんなところでドロップするんですか！」

「いや、スキルオーブって一応全部のモンスターがドロップする可能性があるから……」

とはいえ、その確率はめちゃくちゃ低いのだが。

「……スキルオーブは、階層主（ボス）が落としやすいって聞いた」

「そうなのか？　俺は階層主（ボス）が落としたのを一度も見たことないけど」

「それは、ハヤトの幸運値（LUC）のせい」

「……ぐっ」

否定できないのがつらい。

（もしかして俺が戦闘に参加しなかったからドロップしたのか……？）

《その可能性は大いにあるな》

ハヤトの幸運値はほぼ最低値である。

彼が戦闘に参加しないことで澪とロロナの幸運値だけがドロップアイテムに作用した可能性は捨てきれない。

「は、ハヤトさん！　この『スキルオーブ』使っても良いですか⁉」

ハヤトが己の不運を嘆いていると、澪は手に持っていた『スキルオーブ』をきらきらとした瞳で掲げた

「ちょっと待ってくれ。どのスキルを覚えるかを鑑定してからインストールした方が良い」

「インストール？」

「身体の中に入れるってことだよ」

やべ、普通に【スキルインストール】につられた。

ハヤトが曖昧な笑みを浮かべていると、

〝【鑑定】スキルをインストールしますか？　Y／N〟

そのとき、ハヤトの視界に【スキルインストール】の表示が飛びこんできた。流れるようにハヤトは〝Y〟を選択。

（お、気が利くなぁ。これで、鑑定料を浮かせられる）

《お前、前線攻略者（フロントランナー）なんじゃないのか》

（長年染みついた貧乏性（びんぼうしょう）がこれくらいで直るかよ）

いくらハヤトが前線攻略者（フロントランナー）になったといっても、鑑定料は高いと思ってしまう庶民（しょみん）精神はなかなか払拭（ふっしょく）できない。

（てか、【鑑定】スキルをインストールできるなら、『空想の顔料（パステル・ファンタジア）』のときもインストールしてくれよな）

ハヤトがそんなことを胸の内で考えながら、澪が持っている『スキルオーブ』に【鑑定】スキルを使おうとした瞬間、

〝【鑑定】スキルを排出（イジェクト）しますか？　Y／N〟

ハヤトは〝N〟を選択。

〝排出（イジェクト）しますか？　Y／N〟

……………うん？

ハヤトは表示を見ながら、思考をこねくり回すと結論をはじき出した。

（【スキルインストール】が怒（おこ）った！）

《怒った？　【スキルインストール】に意思はないぞ？》

（いや、でも……）

ハヤトはわずかに口ごもると、再び〝N〟を選択。その瞬間、表示が消えた。良かった。怒らせて二度とスキルがインストールされなかったら探索者人生詰むところだった。

ということで気を取り直して、スキルオーブに向かって【鑑定】を発動。

〝鑑定 終了〟

〝【紫電一閃】のスキルオーブです〟

〝【紫電一閃】は近接攻撃系のスキルであり、目標まで稲妻となって駆け抜け鋭い斬撃を相手に刻みます〟

〝覚醒者は世界に五名〟

〝朝宮澪に使用を推奨します〟

ハヤトは目の前に出てきたウィンドウを読みながら、自分の記憶の中で【紫電一閃】を探ると……思い出した。相当使える攻撃スキルだ。

「澪、それ使って良いよ」

「良いんですか？」

「あぁ、それは澪が使うべきだ」

ロロナの覚えているスキルが魔法系で固まっているというのもあるが、何も持っていない澪が新しくスキルを覚えるのが一番の戦力向上につながるだろう。

ハヤトがそう言うと、澪は『スキルオーブ』を手にしたまま……固まった。

「あの、これ……どうやって使えば良いんですか？」

「手に持ったまま念じたら使えるよ」

「手に持って……」

澪は大事そうに『スキルオーブ』を両手で包むと、そっと目を閉じる。

その瞬間、水晶の内側の遊色が激しく輝き始めると、水晶という殻を突き破るように七色の光があふれ出した！　そして、パキ……ッ！　と、ガラスが砕けるような音が響いて、光が澪の中に吸い込まれていくではないか。

「……覚えた」

澪はゆっくりと目を開くと、

「覚えた！　覚えましたよ！　ハヤトさん！　新しいスキルを！」

よほどスキルを覚えたことが嬉しいのか、ぴょんぴょんと階層主部屋の中を跳ね回る澪。

可愛い。

「ハヤトさん！　新しいスキル使ってみても良いですか！」

「ダメ」

「……え？」

嬉しそうに跳ねている澪に、ハヤトは静かに首を横に振った。

まるで水をかけられたように冷静になる澪に、ハヤトは続けた。

「今日はもう探索は終わりだ。気づいてないかも知れないけど、今の澪は自分で思ってるよりも身体に疲労が溜まってるんだ」

「で、でも……！」

「大丈夫だ。一度覚えたスキルは忘れないから」

俺みたいに誰かから排出されることはあるけど。

《容量不足を恨め》

（ちゃちゃ入れなくて良いから）

《何だと？》

ハヤトはヘキサを無視して続けた。

「……澪が覚えたスキルは【紫電一閃】。名前くらいは聞いたことあるだろ？」

澪は静かに首を横に振る。

「ん、そうか。【紫電一閃】ってのは、すげぇ速さで敵を斬りつける剣術スキルなんだ。ただ、うまく使わないと壁に身体が叩きつけられてバラバラになる」

「ば、バラバラ……」

「今日の澪は階層主戦の疲労が残ってる。そんなときに、使い慣れてないスキルを使うのは、危ない。危なすぎる」

「そ、それは……そうかもですけど……」

「だから、今日の探索は終わり。続きは明日にしよう。楽しみに待ってな」

「うぅ……。はい……」

澪はこくりと頷くと、ハヤトは視線をロロナに向けた。

「ロロナもそれで良いか？」

「……うん。もうＭＰがそんなにないし」

「じゃあ、一度帰ろう」

そう言ってハヤトたちはギルドに戻った。

いつものように咲のところに向かうと、澪とロロナが手に入れたばかりのアイテムをカウンターの上に載せていく。二人とも身長が低いのでわずかに背伸びをしているところが可愛い。

《お前……。視点が犯罪チックだな》

（何でだよ！　親目線だろ！）

《お前、２歳年下の女の子を自分の娘だと思ってたのか……？　そっちの方がやばいだろ

《……》

（…………）

冷静に考えてみたらそれもそうかも知れないので、ハヤトは無言。

無言が一番危険を乗り越えられるのだ。沈黙は金である。

「はい、鑑定が終了いたしました。お二人の合計金額が５４６２円になります。均等に分割でよろしいでしょうか？」

「は、はい！　お願いします！」

「承知しました」

相手が中学生だとしても、接客スマイルと敬語を崩すことなく丁寧に接する咲。将来はそんな大人になりたいなぁと思いながらハヤトが眺めていると、澪がわずかに紅潮した顔でカウンターに表示されている買い取り金額を見た。

ふと、それに気がついたロロナがちらりと澪に尋ねた。

「どうしたの、澪」

「あ、あのね。やっと、探索でもらえるお金がバイトの時給超えたの……！」

「バイト？　澪はバイトしてたの？」

「う、うん。だから嬉しいの！　あ、でも、バイトしてるのは内緒だよ」

結構大きな声でそんな会話をする澪たち。普通に聞こえとるがな。

そして、澪は勢いよくハヤトを振り向くと、

「ハヤトさん！　やっと探索者の報酬がバイト代超えましたっ！」

「よく頑張ったな、澪」

……ところで、バイトしてるのは内緒じゃなかったの？

「それもこれも、ハヤトさんのおかげです！」

「俺はなんもしてないよ。澪が自分の力で頑張った成果だ」

だが、それはきっと褒めて欲しかったのだろう。

それが分からないほど、ハヤトは愚かではなく、

「澪は確かにステータスこそ低かったけど、諦めない根性が凄かったからな。それが澪の才能だよ」

だからハヤトはそう言って微笑んだ。

「ほ、本当ですか⁉」

「ああ。根性だけじゃなくて、やる気も人一倍だしな。この調子だとすぐにでも抜かされるかも」

「そ、そんなことないですよ～！」

「これからどんどん報酬は良くなっていく。一緒に頑張っていこうな！」

「は、はい！」

そう言って澪は自分の頭をちょっとだけこちらに差し出してきた。

何それ、頭突き？

と、ハヤトがそれを困惑したように見ていると、澪は「……ん」と不満そうに漏らして頭を引っ込めた。

「ハヤトさんも精算されますか？」

咲にそう言われてハヤトはちらりと時計を確認。

時刻は二十時。まだ、もう一攻略くらいはできるだろう。

「いや、俺はもう一度潜ってきますよ」

「分かりました。無理したらダメですよ？」

「分かってますって」

ハヤトは笑うと、ダンジョンに潜り直すよりも先に澪たちをギルドの出口まで見送った。

「じゃあ、また明日な」

「は、はい！」

「……ん」

ハヤトは夜の闇へと消えていく澪たちを見送ると、身体を大きく伸ばす。
（さて、もう一仕事しますか）
《ほんとにもう一仕事で終わるのか？》
ハヤトは咲にダンジョン探索申請を出すと、『転移の間』に向かって行く。
（もちろん。今日中に30階層を突破して、俺が最前線攻略者になってやんよ）
《気合い十分だな》
（澪とロロナのあれを見せられたらな、俺もやる気になるってもんよ）
そんなやりとりをしながら、ハヤトは30階層へと消えていった。

ハヤトがダンジョンに潜るのをしっかり確認すると、澪とロロナはギルドの外で顔を合わせた。

「……澪。本当に、また潜るの？」

「う、うん。でも、3階層には行かないよ。2階層で『スキル』を使ってみたいの」

「でも、ハヤトは危ないって……」

「大丈夫！　まっすぐになってるところで練習するし……。それに……」

「それに？」

口ごもった澪にロロナが尋ねると、

「それにね、明日にはスキルを使いこなせるようになって、ハヤトさんに褒められたいの」

「褒められたいの？」

攻略したいんじゃなくて？　という言葉をロロナはすんでのところで呑み込んで、

「……うん。あのね、ハヤトさんだけがね、褒めてくれたの。お父さんがいなくなって、お母さんもいなくなったけど、ハヤトさんだけが私のことを認めてくれたの。褒めてくれたの。だから、もっといっぱい褒められたいの。へ……変、かな」

少しだけ照れたように答える澪に、ロロナは、

「……そっか。澪が潜るなら、私も潜る」

「良いの？」

「だって、私たちは二人組だもん」

ロロナはそう言って、恥ずかしくなったのか……魔女帽子を深くかぶることで顔を隠した。

「でも、その前にご飯、食べたい」

「ギルドの中で食べよっか」

探索者が多く利用するギルドには食堂や定食屋、それにファストフード店などの飲食店

が併設されている。腹ごなしにと、その中の一つに向かっていたとき、澪は前方にいた探索者にぶつかった。

「わぷ……っ！　ご、ごめんなさい」

「あァ？　前見て歩けよなァ」

迷惑そうに声を漏らした探索者は、自分よりも遥かに身長が低い澪を見下ろして……わずかに目を丸くした。

「ど、どうかされましたか？」

ジロジロと見られる不快感に澪が尋ねると、目の前にいた探索者は驚いた様子で口を開いた。

「お前ら……ハヤトの弟子か」

「ハヤトさんのことを知ってるんですか⁉」

澪は自分がぶつかった橙の髪をした探索者に思わず驚いた表情を向ける。

探索者はそんな澪に向かって口角を大きくつり上げた。

「あァ、そりゃ知ってるさ。あいつは有名人だからな」

やけに意味ありげな言葉を漏らして、探索者は視線を澪からロロナに移す。

「へェ……。六劫の娘もいんのか。天原なのに、変なやつだな」

そして、誰にも聞こえないくらいの小さな声でそう言うと、

「お前ら、都合良いぜ」

その瞬間、三人の姿がそこから消えたことに気がついた探索者は、誰一人としていなかった。

現在、ダンジョン最深部に該当する30階層は、『廃神社』エリアと呼ばれている。というのも、29階層の階層主を突破した探索者たちを出迎える30階層最初の建物は朽ちた巨大な鳥居なのである。

その鳥居を初めて見たハヤトは思わず、「出雲大社のやつくらいあるんじゃないか？」と、漏らした。ちなみに、出雲大社の鳥居は二十三メートルで、30階層の鳥居は二十五メートルなので、当たらずとも遠からずといったところだ。

そんなゴリゴリの人工物に出迎えられた探索者たちだが、鳥居をくぐると突如として全く違う場所に転移する。その先は、境内。捨てられた神社の境内に転移させられるのだ。

24階層で一度味わったため、ダンジョン内に人工物があるという衝撃は薄れているが、それでもやはり生理的な気持ち悪さを覚えてしまう。

ハヤトは境内に出るやいなや、すぐにスマホを取り出した。

《こんなところでスマホなんて取り出してどうするんだ？》

「昨日の夜に『ヴィクトリア』から地図を買ったんだよ。電子マップってやつらしい」

《電子マップ？》

「これ！　ダイスケさんからメッセージで地図送ってもらったんだよ。凄くない？」

ハヤトはそう言ってＬＩＮＥのメッセージに添付されたファイルを開いた。

「今はスマホで地図を送るんだってさ。　ほら！　ヘキサだってこれは流石に見たことないだろ⁉」

《ＰＤＦファイルか。これは地球ですら十年以上前からある技術だぞ》

「……嘘ぉ」

ハヤトのドヤ顔は一瞬で崩れ去った。

《しかし、よく『ヴィクトリア』から地図を買おうという気になったな》

今までのハヤトであれば、他のクランに力を借りるなんてことはしなかった。他の探索者を頼るなんてことはしなかった。それが、ハヤトの残した最後のプライドだったからだ。

だが、

「『使えるものは何でも使え』って弟子たちに言ったしな。俺も使えるものは何でも使おうと思ったんだよ」

《変わったな、ハヤト》

「そんなんじゃねぇよ。ただ、俺の……誰にも頼らないなんてプライドは攻略の邪魔になるってだけだ」

ハヤトはそう言うと、開いたばかりのＰＤＦファイルと前を見比べながら睨めっこ。

《そういえば地図って幾らしたんだ？》

「友達価格で５万円」

《やっす……》

前線の地図、それも未だに攻略されていない階層の地図といえば50万から80万ほどで取引される。それが友達価格ということで十分の一になっているというのは、ダイスケの温情以外の何物でもないだろう。

情報とは高価なのだ。

《出てくるモンスターの情報は持ってるのか？》

「ん？　いや、知らないぞ」

《おいおい。そっちも大事だろう？》

「ダイスケさん、娘さんが風邪引いたとかでダンジョンに潜れてないんだってさ。だから、『戦ったこともねぇモンスターの情報は教えられねぇよ』って言われちゃった」

《なるほど。律儀だな》

自分が戦ったことのないモンスターの話を他の探索者にするのは褒められた行為ではない。無論、雑談などでは構わないが、実際の攻略情報として話す際に嘘や誤りがそこに盛り込まれていると、死ぬことだってあるからだ。

「地図はまだ三分の一しか埋まってないってダイスケさんが言ってたし、地図埋めしながら階層主部屋を目指そう」

ダイスケが優しいとはいえ、温情だけでハヤトに地図を相場の十分の一の値段で送ったりはしない。これは投資だ。ハヤトが30階層を攻略し、その情報を後からもらえば、『ヴィクトリア』はより安全に踏破できる。

『世界探索者ランキング』日本3位は強かな男である。

《三分の一か。今日中に終わるか？》

「終わらせるんだよ」

ハヤトはそう言うと、門に向かってまっすぐ足を進めた。

本来、神社とは鳥居から本殿まで直進できるように作られているのだが、視界の奥に待ち構えているのは、大きな塀。あれが、攻略を妨げている要因だろう。

そんなことを考えながら、ハヤトは周囲を索敵。すると、すぐに見つかった。

「……案外、近くにいやがったな」

そこにいたのは、四体のスケルトンたち。そのどれもが甲冑に身を包み、弓矢や刀、そして火縄銃などを持っている。

彼らはスケルトンの上位種、『エクサス・スケルトン』だ。

〝【身体強化Ｌｖ５】【流麗なる槍術】【弾道予測】をインストールします〟

〝インストール完了〟

ハヤトの身体に入るのは、攻撃スキルが二つ、支援スキルが一つ。

「30階層の突破の合図と思えば、ちょうど良いか」

ハヤトはそう言うと、手元に蒼い槍を召喚。

それを大きく後ろに下げて構えると、エクサス・スケルトンのパーティーと向かい合う。

「シッ！」

戦闘の口火を切ったのはハヤト。地面を蹴って踏み込むと同時に、刀を持っているエクサス・スケルトンAに飛び込んだ。その瞬間、最後尾に控えているエクサス・スケルトンDが火縄銃の引き金を引く。

パァンッ！

音を立てて発射された鉛玉を、ハヤトは【弾道予測】スキルで看破。自らの眉間に向かって迫ってきた弾丸を槍の穂先で捉えて弾くと、勢いを殺すことなくエクサス・スケルトンAを刀のリーチの外側から薙ぎ払った。

「おおォッ！」

ハヤトは【身体強化Lv5】のすさまじい膂力を活かして、エクサス・スケルトンAと、その隣にいたエクサス・スケルトンBをまとめて両断。錆びた鎧と骨が粉々になる音が響く。その瞬間、ギリギリで槍を回避したエクサス・スケルトンCがハヤトに向かって弓を大きく引き絞ると、射出。

「シッ！」

ハヤトは大きく吠えると、矢を砕く。

モンスターが弓矢を番える暇もなく、ハヤトは槍を反転。【流麗なる槍術】の力によって達人の如き槍捌きを見せると、石突でエクサス・スケルトンCを粉々に砕いた。

そして、最後に残ったエクサス・スケルトンの頭蓋骨を反転した槍の穂先で砕くと、モンスターの群れは霧とともに消え去った。

「自分のことながら、銃弾が弾けるようになるとは」

《その内、砲弾も弾けるときが来るかもな》

「それはもう化け物だろ」

ハヤトは地面に転がったドロップアイテムを拾い上げながらヘキサに応じる。落ちたのは手のひらサイズの鉱石だ。

『霊玉鋼』と呼ばれる素材で、より強い武器を生み出すのに使われるらしい。その性質は所有者の意思に応じて不要なものを透過し、斬りたいものだけを斬れるという。

「探索を続けるか」

ハヤトはそう言うと、ポーチの口をしっかりと閉じて武器を霧散させた。

そして、目の前の半壊した門に視線を戻して、歩みを再開させる。

「ダンジョン内に文明の匂いがするってのは不気味だな」

《ワクワクしないのか？》

「しない」

《即答だな……》

ハヤトはそう言いながら、半壊している門をくぐり抜ける。苔むした屋根から、むっとするような木々の腐った臭いが漂ってきた。

門をくぐり抜けると、先ほどから見えていた塀がハヤトの目前にドンとそびえ立つ。

「これ飛び越えたら一気に内側に入れないのか？」

《入れると思うが、それを他の探索者が考えないと思うか？》

塀の高さは五メートルほど。前線攻略者であれば普通に飛び越えられる高さだ。

だが、ダイスケからもらった地図には塀を迂回するようなルートが記されている。

「……なんかあるってことか」

《ああ。恐らくは、飛び越えたときに出現する何らかの罰だ》

「何だと思う？」

《さてな。オーソドックスなところで言うなら、跳んだ瞬間に合わせた落雷や弓矢などの直接攻撃、もしくは階層主がより強化されるか。ああ、もしかしたら、壁の向こう側に無数のモンスターが出現してフルボッコにされる、モンスターハウス状態になるというのもありえるか。何にしても、ここまであからさまだと何かの罠を疑うべきだ》

「わざわざそんなことをするなら、最初から通れないようにしておくべきだよな」

《それは面白くないんだろう》

「なんだよそれ」

ハヤトは悪態をつきながら、塀を見あげた。

「入り口探すのも面倒だし、跳ぶか」

《短絡的だな》

「今日中に攻略するなら、それくらいのリスクは背負うべきだろ？」

ハヤトがそう言うと、ヘキサは肩をすくめた。

《お前が納得していているなら、私は何も言わんよ》

次の瞬間、ハヤトは跳んだ。前線攻略者の身体能力を活かした跳躍は、補助なしでも数メートルなど容易に飛び越せるのだ。

そして、塀の反対側に着地すると首を傾げた。

「何も起きないぞ？」

《もしかしたら飛び越えるのが正規ルートなのかもな》

「そんな馬鹿な」

《常識に囚われると碌なことにならん。特にここはダンジョンだからな》

「……それは、そうだけどさ」

ハヤトは拍子抜けといった表情を隠すことなく息を吐き出して、塀の中を見渡す。塀の中には、さらに似たような塀が周囲を囲っており、擬似的な壁の役割を果たしていた。

《しかし、神社というのに二十五キロ㎡あるのか。これだけ大きいと、階層主がどこにいるのか分かったものじゃないな》

「大体の見当はつけてるぞ」

《何？》

「こう見えても天原で育ったからな」

果たして〝魔祓い〟の家で育つことと、階層主部屋の見当がつけられることに何の関係があるのだろうとヘキサが不思議に思った瞬間、

ドォォオオオオオオンンンンンッッッツツツ！

後方から尋常でない激突音ッ！

まるで隕石でも落下したかと思うほどの衝撃が吹き荒び、ハヤトの後方一面に広がっていた腐った木の塀が粉々になって吹き飛ばされたッ！

「なんだッ⁉」

振りかえったハヤトの目に入ってきたのは、巨大な骸骨の腕。

一見すると、5階層にいた『スケルトンキング』のようにも思える。だが、違う。あれは体長が八メートルほどだったが、こっちはそれの倍くらいある。

それはボロボロになった甲冑を身にまとい、その手には巨体を遥かにしのぐほど大きな太刀を抱えてハヤトを見下ろしていた。

「……おいおい」

それは虚ろなる眼窩でもってハヤトを捉えると、

『Oooooooo〇〇〇〇〇NNNNNN！！！』

突如、大咆吼を放った！

それを真正面で受けたハヤトは思わず硬直(こうちょく)。その場から逃(に)げようと地面を蹴ろうとしたが、全くもって足が動かない。その代わり、ビリビリとした痺(しび)れがあるだけだ。

《ハヤトッ！》

（やられた……ッ！　『恐怖(きょうふ)』だッ！）

口も動かせず、ハヤトは心の中でヘキサに返す。

アンデッド系のモンスターを前にしたときにランダムで発生する『恐怖』は一定時間、身体を動かせなくなるバッドステータスだ。

目の前に現れた巨大なエクサス・スケルトンは身動きが取れないハヤトに向かって、その太刀を大きく振りかぶると、

（こいつが罰(ペナルティ)かッ！）

《動けッ！　死ぬぞッ！》

〝【恐怖耐性(きょうふたいせい)】【心眼】【水属性魔法(まほう)Ｌｖ５】をインストールします〟

〝インストール完了〟

ヘキサの叫(さけ)びと、【スキルインストール】の声がハヤトの耳に響(ひび)いたのは全く同時。

「ふッ！」

ハヤトは全面に水の壁――『アクア・カーテン』を展開。それでモンスターの太刀を受

け止めると同時に地面を蹴って、距離を置く。

そして【心眼】を発動。敵モンスターの弱点を看破するこのスキルによって、ハヤトの視界に表示されたのは、

「……へぇ」

巨大な兜のその中心、人間でいう額の部分が真っ赤に光り輝いていた。

ハヤトは【武器創造】によって、武装を展開。出現させるのは、一本の錫杖。

それを狙撃銃のように巨大なエクサス・スケルトンの額に突きつけると、

「『アクア・ランス』ッ！」

詠唱するとともに魔法を発動ッ！

高速で回転する水の槍は全てで三本。それが全く同時に音の速さで駆け抜けるッ！

しかし、エクサス・スケルトンはハヤトの攻撃を無視。弱点を狙った一撃は、面白いように兜の中心に吸い込まれていき……接触する直前、すさまじい速度で小さくなると当たる前に消えた。

「そんなのってありかよ！」

《あぁ、そういうタイプか》

ハヤトの疑問に、ヘキサは一人したり顔。

「ちょっとヘキサさん。一人で納得するのやめてもらって良いですか？」
《こいつはお前が塀を跳び越えたことで発生したイベントモンスターだ》
「い、イベント？　イベントって何？　祭りのこと？」
《全然違う。こいつは塀を跳び越えた探索者を咎めるための罰。魔法の消え方を見る限り、物理攻撃で倒せるかどうかも怪しいな》
「じゃあ、どうすりゃ良いんだよ！」
《逃げるか、進むか。二つに一つだ。ハヤト、お前はどうする》
「……ッ！」
首が痛くなるほどに見上げなければ頭すら見えない巨体を前に、ハヤトは逡巡。
だが、すぐに目の前のモンスターに背を向けると走り出したッ！
「前だッ！　前に進む」
ハヤトが逃げるのを虚ろなる目で捉えると、エクサス・スケルトンは刀を地面すれすれにまで落として、激しく薙ぎ払ったッ！
《ハヤトッ！》
「うぉッ！」
ヘキサのかけ声と同時にハヤトは跳躍。わずかに遅れて足下を巨大な刃が擦過。靴裏を刀がこすったことでわずかにバランスを崩したものの、ハヤトは重心を前方へと持っていって地面に手をつき、ハンドスプリングの要領で一回転。

そして、再び地面を蹴った。

《前に行くのは良いが、どこに行けば良いかの算段はついているのか?》

「ここは廃棄されているとはいえ、元は神社だ。だとしたら、階層主がいる場所は一つしかない」

《ほう? そういえばさっきも言っていたな。見当はつけたと》

「本殿だ。おそらく、階層主は本殿にいる」

《ふむ……?》

神社の構造に詳しくないヘキサは、よく分からないといった表情を浮かべているのでハヤトは走りながら解説。

「普段、神社にお参りしたときに賽銭を投げたり、鈴を鳴らしたりする場所があるだろ? そこが拝殿って場所で、その奥にちゃんとしたご神体を祀ってる本殿って建物がある。そこが、階層主の居場所だ」

《なるほど。それは確かに一理あるが……だとすると、本殿の場所を探す必要があるんじゃないか?》

「いや、その必要はない。ダンジョンの中だからある程度位置関係は変わってるが、鳥居と塀の入り口の関係は直線上にあった。なら、拝殿も本殿も基本的には鳥居からの直線上に位置してる。神社はそういう作りになっている」

いつにも増して知識に裏付けされたハヤトの行動に、ヘキサは思わず息をのんだ。

《……なんか今日のお前、かっこいいな》

「え、そう？」

《馬鹿ッ！　足を止めるな！》

ヘキサに褒められたことが予想以上に嬉しくて、ハヤトがヘキサの方を振り向いた瞬間、今度は真上から巨大な日本刀が迫り来る。ハヤトが真横に跳ぶと同時に、大質量が地面に激突。土や石が弾丸のようにハヤトに迫るが、上級者向け(ハイエンドモデル)の防具が防いでくれる。

ハヤトは真横に打ち付けられた刀を見て、「あっ！」と声を漏らした。

《どうした？》

「分かったぞ、ヘキサ」

《何がだ？》

「この巨大なエクサス・スケルトン(ペナルティ)の使い道だ」

ハヤトは言うが早いか、持ち上がりつつあるエクサス・スケルトンの刀に足をかけると、そのままの勢いで十メートルを遥かに超(こ)える刀を駆け上がったッ！

「こいつは近道(ショートカット)なんだッ！　階層主(ボス)部屋までの！」

《何を言ってるんだ!?》

『ＲｕｕｕＵＵＵＵＵＵ！！！！！』

刀についた邪魔者(じゃまもの)をたたき落とすため、エクサス・スケルトンが大きく刀を振り払う。

轟(ごう)ッ！　次の瞬間、すさまじい加速度がハヤトの身体を打ち付けた。だが、それでも彼(かれ)は前線攻略者(フロントランナー)。タイミングを合わせて刀を蹴ることで、バットが跳(は)ね返した野球ボールのようにハヤトの身体は直線上に発射されたッ！

《嘘だろッ!?》

これにはヘキサもびっくり。

まるで弾丸のように飛び出したハヤトだが、目算は大成功。

見事本殿に向かって跳ぶと、拝殿の屋根を蹴って減速。地面に着地すると同時に、わずかにふらついたものの、なんとか本殿の前にたどり着いた。

「ほらな？　これで簡単にショートカットできるってわけだ」

《ぜ、絶対違うと思うぞ……》

人間野球ボールとして数百メートルはショートカットしたハヤトに、ヘキサはちょっと

引いた顔。しかしハヤトはそんなことを気にした様子はなく、本殿への入り口を開けようとして、

「しまったッ！」

思わず血相を変えて叫び声を上げた。

《どうした、急に》

「ダイスケさんからもらった地図、全然埋められてねぇ……」

《……塀を飛び越えて出てきたモンスターに飛ばされたらたどり着くって書けば良いだろ》

「それもそうか」

《本当に書くつもりなのか？》

「書くわけないだろ」

《そ、そうだよな。良かった……》

こいつは俺のことを何だと思っているのだ。

ハヤトは呆れたようにヘキサを見つめ返すと、素早く意識を階層主部屋に向けた。

「……俺の読みが正しけりゃ、ここに階層主がいるはずだ。まだ、誰もたどり着けていない階層主が」

どの前線攻略クランも、未だ30階層の突破は叶っていない。

いくらまともな人間がいない前線攻略者とはいえ、流石にハヤトのように無茶苦茶なショートカットを行った者はいないからだ。

《一番乗りだな、ハヤト》

「ほんとにここに階層主がいればな」

そんなことを言いながらハヤトが本殿の開いた扉をくぐり抜ける。

次の瞬間、音を立ててハヤトの後方にあった扉が閉まった。

「大当たりだ」

そして暗闇の中、一瞬で周囲に炎が灯ると……本殿の奥には、一体のモンスターがいた。

あぐらをかき、般若の面をつけ、身体は老いて枯れている、人型のモンスターが。

腰には刀。服は和装。そして、わずかにハヤトの鼻が腐臭を感知する。

「……ゾンビか？」

ゆっくりと階層主は立ち上がり、ハヤトに向かって一礼。

思わずハヤトも礼をする。それを見た階層主は刀の柄に手を当てると、居合の構えをとりながらハヤトを中心に捉えた。

ハヤトも同時に手元に槍を召喚。そして、静かに構えた。

〝【身体強化Lｖ5】【真に至る踏鳴】【紫電一閃】をインストールします〟

〝インストール完了〟

敵は30階層の階層主。その名を、『ディスカード・マスター』。

（……隙がねぇ）

ハヤトとモンスターは睨み合うように、一定の間合いをとると、部屋の中をぐるりと時計回りに歩き続ける。彼我の距離は八メートル。

踏み込もうにも、ディスカード・マスターの身体をハヤトが捉えるよりも先に、己が切り刻まれる未来しか見えない。だからこそ、待つのだ。敵が痺れを切らすその瞬間を。

『……Ｆｕ』

最初に飛び込んだのはディスカード・マスターッ！

ドンッ！　と、本殿の床が抜けてしまうのではないかと錯覚するほどの踏み込みでもって、身体を大きく前方に倒すと、腰を使って捻りながら腰の刀を引き抜くと同時に地面を蹴った。間合い詰めからの居合斬り！

だが、それを咎めるようにハヤトは槍を伸ばした。飛び込むのなら、刺し穿つ。

ハヤトがそれを実行しようとその腕を振るった瞬間に、槍は空を切った。

「……ッ！」

声なき声が漏れる。ハヤトの視界に映るのは、見事に穂先が断たれた槍の姿。

ディスカード・マスターは自らの身体に届く得物を察知して、先に武器だけ切り落としたのだッ！

『ＦｕｕＵＵ！』

だが、それでは止まらない。ディスカード・マスターは勢いそのままに壁を蹴ると、向きを反転。ハヤトに向かって、再び凶刃を煌めかせる。

しかし、ハヤトは躊躇うことなく槍を捨てた。そして、生成するのは一本の長剣。

「はァッ！」

そして、ハヤトは【真に至る踏鳴】を発動。

彼の身体はわずか一歩でトップスピードに乗ると、ディスカード・マスターと向かい合う。

「シッ！」

ハヤトとディスカード・マスターが同時に武器を振るうと、空中で激突。

互いに互いの撃力によって弾かれ地面に転がると、ハヤトは片足で強引に身体を中空へと引っ張り上げた。ディスカード・マスターも同様に起き上がると、追撃の加速。

だが、それがハヤトに届くことはない。

敵は既に、ハヤトの射程に入っている。

「……【紫電一閃】」

ハヤトがそう口にすると同時に、ハヤトの身体がかき消えた。

突如として目の前から消えた敵の姿を追いかけるように、ディスカード・マスターが周囲を探って……ハヤトが、自らの真後ろにいることに気がついた。

『……？』

ディスカード・マスターは不可思議に思い、首を傾げる。

傾げた首はそのまま地面に落ちると、カラン、と般若の面が床に転がる冷たい音が響いた。

「……強いスキルだな」

《一直線に駆け抜けて、途中にあるものを切り刻む。良いスキルじゃないか》

澪が手に入れたばかりのスキルで、30階層の階層主を倒せたことに安堵しながらハヤトはほっと息を吐くと、後ろを振り返った。

本来であれば、黒い霧になって消えているはずの死体が、未だにそこにある。

「……まだあんのかよ」

《二回戦目だ。これからが本番だぞ、ハヤトッ！》

「どうりで簡単だと思ったぜ」

ハヤトがそう言うと、ディスカード・マスターの右肩がぼこり、と大きく膨らんだ。ついで、左肩がぼこっ……と大きくなると、その身体を突き破るようにして、内側から真っ赤なモンスターが飛び出したッ！

「……なんで」

その姿を捉えたときに、思わずハヤトはわずかに漏らした。

「なんで」

声を漏らさざるを得なかった。

「ダンジョンに、こいつがいるんだ」

体長は五メートル。天井に届きそうなほどの巨体。巌のような筋肉を身にまとい、局部を隠しているのは虎柄の布。異常なまでに発達した牙が、口腔内に収まりきらずに白く光る。そして、何よりも特徴的なのは、頭部に控える二本の角。

天を貫かんばかりに生えているそれを見て、天原ハヤトは静かに息を吐き出した。

「……あぁ、クソ」

彼はそれを知っている。それは人類の敵であり、〝天原〟の敵。

落ちこぼれであるハヤトが、終ぞ一度も祓うことなく終わった〝魔〟。

「神社が荒れてんだ。荒御霊になってもおかしくねぇ」

その名は鬼。ダンジョンにいるはずのない『赤鬼』である。

〝全スキルを排出〟

〝【魔祓い】【鎮守の礎】【鬼殺し】をインストールします〟

〝対象に適性を確認〟

〝全スキルに補正がかかります〟

〝インストール完了〟

『赤鬼』は〝魔祓い〟を生業とする天原たちをして、簡単には狩りきれぬ〝魔〟。それに相対するは落ちこぼれ。だが、それでもハヤトは微かに笑った。

「……やってやる。やってやるさ」

『Wｏｏｏｏｏｏｏ〇〇〇〇〇〇〇〇〇〇〇〇〇！！！！！』

刹那、赤鬼は咆吼。まるで敵の身体が数倍になったかと錯覚するほどの威嚇を受けて、思わずハヤトの身体が固まる。だが、【鎮守の礎】が発動。ハヤトのバッドステータスである『恐怖』をかき消すと、赤鬼からの被ダメージを軽減。

「うぉぉおオオオッッツ！」

ハヤトも負けじと大きく吠えると同時に手元に大剣を生成。

同時に地面を蹴ると瞬きする間に両者は二十を詰めた。ハヤトの大剣が振り下ろされるのと、赤鬼の右ストレートが繰り出されるのはほぼ同時。

ヒュバッッッツツ！！！

まるで大砲のような音を立てて、ハヤトの身体が吹き飛んだッ！　大剣がおもちゃのように砕けると、次の瞬間、背中を壁に強打。

「かはッ！」

声にならない声が漏れて、肺の空気が全て抜ける。

ハヤトが痛みに悶えている隙をついて、赤鬼がそこに飛び込む。ハヤトは咄嗟に身体を前に倒して、赤鬼の拳を回避。

ドゴッッッツツ！！！

まるで重機のインパクトかと思うほどの轟音が、ハヤトの頭上で鳴り響いた。だが、それでも本殿は崩れない。見た目は木造だが、やはり階層主部屋なのだ。

「……おォッ！」

ハヤトは地面すれすれから、生み出した槍を使って赤鬼の身体をえぐり取る。

だが、返ってきたのは不動の手応え。槍は全く身体に刺さらず、逆に槍が砕けた。

「クソッ！」

赤鬼の拳を再び回避して、ハヤトは叫ぶ。

「火力が足りねぇッ！」

ここに来て、【武器創造】の限界値が見えた。

最も可能性があるこのスキルは、ハヤトの想像力に依存する。そして、想像力とは今まで見て、聞いて、知ってきたものによって生み出される。だとすれば、ハヤトが知らぬ武器など作れるはずもない。

「こんなことなら、もっと澪たちと一緒に武器を見てくれれば良かったッ！」

後悔を叫びながら、ハヤトはぬるりと赤鬼の背後に移動。手元に生み出した短刀で斬りつけるが、どれも浅い。わずかに薄皮を切り刻んだにすぎない。

『Ｏｏｏｏｏｏｏｏｏｏｏ００００００００００！！！！！！！！』

赤鬼は再びの咆吼ッ！

ハヤトは危機感を感じて咄嗟にバックステップを取ったが、それよりも赤鬼の踏み込みの方が深いッ！

「……ッ！」

《ハヤトッ⁉》

赤鬼はハヤトを掴みあげると、その身体を締め上げたッ！

バキッ！　ミシ……ッ！

　ハヤトの全身から骨が砕ける異音が響くと、ハヤトは血を吐き出す。

「……ヅッ！」

　刹那、反射的にハヤトは強固性だけ持たせた短槍を生み出すと、赤鬼の手のひらの内側で展開。赤鬼は自らの力で槍をその身に食い込ませると、思わずハヤトを手放した。

　なんとか動く右足でハヤトは地面を蹴ると、赤鬼から距離を取る。

「……クソが」

　完全に右腕が折れてしまっている。左の膝蓋骨も外れており、立つので精一杯だ。

　ハヤトはなんとか左腕を使ってポーチを開くと、治癒ポーションを取り出して飲み干す。

　だが、それだけでは完治せず、ハヤトは流れるようにもう一本嚥下した。

　どろりと甘い液体が胃の奥へと流れていって、ハヤトの傷口がわずかに熱を持つと、全身を修復。ハヤトは瓶を投げ捨てると、最後の武器を霧散させた。

　それを好機と見た赤鬼が地面を蹴る。

「こんなところで、こいつに頼ることになるとはな」

　ハヤトはそう言うと、右腕を大きく後ろに下げて左手をぐっと前に突き出した。

　その瞬間、ハヤトの気配が変わったことを察知したのだろう。赤鬼は飛び込みをキャンセル。信じられないほどの膂力を活かして、後方に飛んだッ！

だが、それでは足りない。もう遅い。

「――秘技」

パキ、と音を立ててハヤトの右腕を大きな籠手が覆っていく。静かに息を吐きだす。

「『星走り』」

刹那、赤い尾を引いて流星が走り抜けた。

ドォォオオオオンンンンッッッツツ！！！！

前線攻略者の全身を活用して飛び出したハヤトの身体は音を超えて、ソニックブームを生み出すと、赤鬼の身体を貫いたッ！

「ほらな。言っただろ」

腹の内側にぽっかりと穴の空いた赤鬼を見ることもなくハヤトは不敵に笑う。

「必殺技だって」

赤鬼はその巨体をぐらりと前に傾けると、べしゃ……と血をまき散らして、地面に倒れ、黒い霧になって消えていく。

そして、それと同時に音を立てて部屋の扉が開き始めた。

《……腕、痛そうだな》

「痛い」

ハヤトは血だらけになった右腕を労りながら、ポーチの中に手を突っ込んで硬直。
「……治癒ポーションがなくなった」
《二本も飲むからだな》
「あれはしょうがなくないか？」
《ギルドに上がって買えば良いさ》
「そうだな。それが良い」
どちらにしろ、ハヤトたちは30階層を攻略して帰るつもりだったのだ。治癒ポーションがなくなったからといって、31階層は今日中に攻略しないのだ。関係ないだろう。
ハヤトが強敵が死んだ場所を振り向くと、赤鬼のドロップアイテムとおぼしき赤い皮が落ちていた。
「なんだこれ？　赤鬼の皮か？」
《防具の素材になりそうだな。エリナに渡して新しい防具を作ってもらうのはどうだ？》
「そうだな。火力不足も分かったし、明日はエリナと一緒に装備屋を巡ろう。それで万事解決だ」
《明日は澪のスキルをお披露目するんじゃないのか？》
「澪たちは昼に学校があるだろ？　午前中に見て回れば良いじゃんか」

《明日は土曜日だぞ》

「え、マジ？」

探索者をやっていると、曜日感覚が消えるのはあるあるなので、ハヤトは困惑しながら31階層を踏むとギルドに戻った。

第7章 ✦ 生まれの呪縛

ギルドに戻ったハヤトが見たのは、がらがらの受付だった。

時刻はすでに二十二時を回ったところ。どうやら探索者たちが最も少なくなる時間帯にハヤトは帰還したらしい。

（咲さん、帰ったみたいだな）

《会社員だからな》

自由業の探索者と違い、彼女たち受付は『日本探索者支援機構』に所属する勤め人である。

当然、労働基準法が適用されるため、過度な残業は行えないのだ。

ということはつまり、咲以外の受付に売買処理をお願いしないといけないわけで。

（知らない人に話しかけにいくの、緊張するなぁ）

《咲以外の人物に受付をしてもらったことはないのか？》

（言われてみればほとんどないなぁ）

なので一番近くに立っていた受付の青年のところに、ハヤトが向かおうした瞬間、受付の奥から一人の少女が走ってきた。

「は、ハヤト……！　見つけた……！」

「ロロナ？　帰ったんじゃなかったのか？」

澪と一緒に帰宅したはずのロロナが走ってハヤトの下へとやってきたのだ。不思議に思って彼女を見たが、その手はひどく震えており顔色も悪い。

「どうした？」

「み、澪が……！　澪が、連れ去られたの……！」

「何？」

ハヤトの目の色が変わる。受付にいた青年も、わずかに視線をこちらに向けた。

「どんなやつだ？　どんなやつに連れ去られた」

探索者の民度というのは、決して高いものではない。

ダンジョンを管理している『日本探索者支援機構』は、探索者の条件として、14歳以上という年齢制限しか設けていないからだ。そのため、探索者には様々な人間が集まる。

ハヤトのように学歴を持たぬ者、一攫千金を求める者、あるいは前科者など、多種多様であり、そして彼らはほぼ全員が暴力を生業にしている者たちである。

モンスターというこちらに襲(おそ)いかかってくる敵であるとはいえ、一個の命を殺して、それに罪悪感を覚えぬ者たちである。だからこそ、探索者の敵はモンスターだけにとどまらない。同じ探索者たちもまた、彼らの敵なのだ。

果たしてハヤトの問いかけに、

「う、腕に……刺青(いれずみ)が、入ってる人に」

ロロナが怯(おび)えた様子でそう答えた。

「……『屍肉漁り(スカベンジャー)』か」

いくら探索者とはいえ、今の日本で好き好んで刺青を入れる人間はそう多くない。

ましてや、澪のような初心者を狙うのは、『屍肉漁り(スカベンジャー)』くらいのものだろう。

「わ、私が……席、外している間に……やってきて。澪を、無理矢理(むりやり)ダンジョンに誘(さそ)い込んだの……。こ、怖(こわ)くて……。何も、できなくて……」

「分かった、俺(おれ)が行くからロロナはここで待っててくれ」

「……わ、私も行く」

ハヤトが踵(きびす)を返そうとした瞬間、ロロナの小さな手がハヤトの服を掴んだ。

「いや、ロロナを連れていくわけには……」

「だ、だって……ハヤト、怪我(けが)が……」

ロロナはボロボロになったハヤトの右腕を見ながらそう言うと、さらに言葉を重ねた。

「そ、それに……澪を、見捨てたのは……私。……あ、あと私は、ダンジョンの中にいる、澪を、捜せる……。ろ、六劫には、そういう魔法がある……から」

尻すぼみになっていくロロナの言葉に、ハヤトはわずかに思案。

だが、『屍肉漁り』に連れ去られたというのであれば、時間は一秒だって惜しい。こんなところでロロナを説得している暇はないし、それに彼女が澪を捜せるというのであれば、これ以上の助け船はない。

「分かった、行こう」

ハヤトがそう言うと、ロロナは長杖をぎゅっと握りしめて強く頷いた。

その瞬間、受付の青年に目配せすると、彼も黙って首肯する。ダンジョンに潜るための準備は既に完了。

「澪がどこに連れ去られたか分かるか」

「……い、1階層」

ロロナは長杖を握りしめると、震える声でそう言った。

「1階層か、厄介なところだな」

叩きつけんばかりに伸ばしたハヤトの腕が、『転移の宝珠』を掴んだ。

刹那、視界が切り替わると同時にハヤトたちは1階層に転移。

「次はどっちに行けば良い？」

「……あっち！」

入り組んだ迷路の中で、ロロナがまっすぐ指を指す。

「悪い、ちょっと担ぐぞ」

「ひゃぁっ！」

ハヤトは言うが早いかロロナを残った左腕で担ぎ、彼女の口から声が漏れる。

だが、そんなことを気にしている余裕はない。ハヤトの足が地面を蹴ると、ぐん、と世界が後方に流れた。

「ロロナ、指示を出し続けてくれ！」

「こ、こっち！」

長杖とロロナを担いだまま、ハヤトの足は加速する。

《今回の件、やけにきな臭いな》

（あぁ？　そりゃ誘拐するやつが、まともなわけないだろ）

《違う。『屍肉漁り』は今まで本人たちが手を下すことはなかったはずだ。モンスタートレインによって探索者を葬り、アイテムを奪う。それが『屍肉漁り』だ。違うか？》

（それが、どうしたってんだよ）

怒りに身を任せたハヤトは、口調が荒くなっているのを気にせずに答えた。

（全員、再起不能だ。探索者になったことを、澪に手を出したことを後悔するまで殴り倒してやる）

「ハヤト、あそこ」

次の瞬間、ロロナがまっすぐ指を指した。

その先にあるのは『安全圏』。ダンジョン各所に存在し、モンスターが迫ってこない探索者たちの憩いの場である。

……モンスタートレインを仕掛けてくるはずの『屍肉漁り』が、安全圏に？

というハヤトの疑問は、

ドゴッッツツツツ！！！！

突如として、ハヤトの腹部を襲った不可視の衝撃によってかき消されたッ！

「……ッ!?」

思わずハヤトはロロナを手放すと、地面に転がる。

そんなハヤトが起き上がるよりも先に、再びの上空からの衝撃がハヤトの身体を叩きつけた！　撃力を逃がすこともできず、満身創痍だったハヤトの身体には致命的なダメージ。

……『屍肉漁り』じゃ、ない？

ハヤトは飛びそうになる意識の中、なんとか痛みに目を向けて意識を保つ。

「よくやったぜ、六劫。よくここまで天原を連れてきた」

「や、やめてっ！　ハヤトを連れてきてたら、何もしないって……」

聞こえてきたのは青年の声。

「あァ？　そんなの本気にしてたのかよ。馬鹿じゃねェのか」

……誰、だ？

朦朧としている意識を振り絞り、わずかに目を開くと、そこには見知った男がいた。

染めているオレンジの髪。髪と同じように橙に光る瞳。

「……シン？」

「よォ、今度はしっかり覚えてたみてェだなァ。ハヤト」

そう言うと、シンは悪戯が成功した子供のように口角をつり上げた。

「……澪は、どこだ」

「見て分かンねぇか」

シンがそう言って後ろを指さすと、遥か後ろに拘束されている澪がいた。

「澪を放せ」

「目の前に敵がいて、人質をわざわざ解放する馬鹿がどこにいンだよ」

「……人質？」

ハヤトは眉をひそめると、起き上がろうと足に力を込めて――起き上がれなかった。

……クソ、こんなときだっていうのに。

元々折れていた右腕に加えて、先ほど衝撃を二回食らったことで肋骨が折れて肺に刺さった。内臓も数個いかれているかも知れない。そして、一番の原因は股関節の脱臼。足に力を込めても、駆動させる骨が繋がっていない。

連戦に次ぐ連戦。ハヤトの身体が弱っているところに食らった前線攻略者からの攻撃は、彼を追い詰めるのには充分で、

〝【自己再生】【治癒力強化】【ＨＰ自動回復】をインストールします〟

〝インストール完了〟

ハヤトの身体を危険視した【スキルインストール】が各スキルをインストールした。

「……何が、目的だ。お前、何がしたいんだ……ッ！」

「おいおい、本当に俺のことを忘れちまったのか？　それとも、〝天原〟にいれば無関係の異能……〝魔〟は一々覚える価値もないってか？」

「何の……話だ？」

「悲しいぜ、ハヤト。俺は深く傷ついちまったよ。それとも、俺の名を言えば思い出すか？」

ハヤトは『ステータス』を展開。ＨＰが回復し、起き上がれるようになるまで残り三分と少しといったところか。

「俺の名前は七城シン。いくらお前でも『七城』と言えば、分かンだろ」

「……『厄災十家』か……ッ！」

ハヤトは思わずそう叫んだ。

異能としての品種改良を繰り返し、自らの技術を高めることで、裏社会を制した『厄災十家』。だが、彼らは時代の流れに適応できず、そのほとんどを〝天原〟が断絶させた。

だが、そんなものではない。

そんなものでは語りきれないものが、縁が、『七城』の名にはある……ッ！

「二年前、俺が……取り逃した……ッ！」

「そうだ、その通りだッ！　思い出したか天原ァ！」

それは、ハヤトが〝天原〟の家から追放されることを決定づけた出来事。

二年前、ハヤトが実父から下された命令は、人殺しの超能力者である『七城』を捕縛、殺害すること。だが、彼の実力ではそれを達成できず、結果として多くの被害者を出し、それは異能に関わる事件として闇に葬られた。

そして、ハヤトは〝天原〟にふさわしくないとして追放されたのだ。

それが、ハヤトの過去。どうしようもない、無能の過去だ。

「な……んで、お前が、探索者になってんだよ……ッ！　シンッ！」

「強くなれンだろ。ダンジョンで俺たちは強くなれる」

ハヤトは起き上がろうと、身体に力を込めた。まだ、立てない。立ち上がれない。

「天原を殺せるほど強くなれる」

「……何？」

「俺がお前らを恨んでねェと思うのか？　お前が俺を取り逃がした後、しばらく自由にさせてもらったがよォ。すぐにお前の弟が来た。んで、俺以外ほとんど死んだ」

「…………」

「殺されたんだよ、お前ら天原にな。残ったのはクソみてぇな父親と、生まれたばっかの妹だけだ」

ハヤトは何も言わない。

それは逆恨みだ。

〝天原〟は異能の警察である。罪を犯した異能以外には、向かわない。それだけの人材がいない。『七城』が壊滅させられたのは、偏にその異能を使った反社会的行為に手を染めていたからだ。薬物売買、児童売春管理、そして殺人。数えたらきりがない。

だからこそ、〝天原〟が壊滅させたのだから。

「お前を殺す。殺して、バラして、売り飛ばす。それが、天原への復讐の第一歩となる」

「売り飛ばす……だと?」

「お前の身体には、4000億って値段がついてやがる。良かったなァ、ハヤト。お前が人生で持ったこともねェ金が、お前が死ぬことで手に入るんだぜ」

「……儀式、触媒か」

「よく分かってンな。落ちこぼれでも、天原は天原か」

ハヤトは、捨てられたとはいえ天原だ。だとすれば、その髪の毛一本が、血の一滴が、裏に潜む異能にとっては喉から手が出るほどに欲しい素材となる。

「お前の腕は中国に、足はベトナムに、内臓はドイツに、頭はアメリカに売り飛ばす。くそったれの天原をぶっ殺せて、俺には腐るほどの金が入る。世の中も案外、捨てたもんじゃねぇなぁ」

夢でも見るかのようにシンがそう言った瞬間、

「……嘘つき」

「あ?」

今まで黙っていたロロナがそう言った。

「……嘘、つき。ハヤトを連れてくれれば、何もしないって……言ったのに。澪を、解放するって言ったのに」

ロロナは長杖を抱えたまま、魔女帽子の下から睨んだ。

「連れてきたのに、なんで……っ！」

「はァ……？　何言ってんだ……？」

心の底からロロナという人間が言っていることを理解できないのだろう。

シンは彼女を見下ろしながら答えた。

「俺が言ったこと、ほんとだと思ってたのか？　ひゃはッ！　こいつァ、面白ェ。師匠ともども、腑抜けになりやがったなァ、六劫」

「……離れてよ」

「あァ？」

「ハヤトと澪から離れてよ……ッ！」

ロロナが長杖を構えた瞬間、シンは素早く澪に左腕を向けた。

その距離はおよそ八メートル。決して腕が届く距離ではないが、澪の喉元に不可視の手痕が出現すると、ぎりぎりと首を絞めはじめた。

「天原が立ち上がれないほど弱っちまったいま、お前ら弟子を生かしておく理由が何一つないってことにも気が付けねェか？　あァ⁉」

「や、やめて……」

澪は不可視の腕に抵抗しようと全身をばたつかせて抵抗したが、その努力もむなしく酸欠により顔が赤く変化していく。

《スキルか⁉》

（……違う。超能力……『サイコキネシス』だ……ッ！）

かつて彼と戦ったことのあるハヤトはその恐ろしさを知っている。

攻撃は見えず、触れられず、下手をすれば心臓を握りつぶされて終わる。超能力とは、そういうものだ。シンが澪を殺さないのは、力をロロナに見せつけるためだろう。

「長杖を下ろせや。大事な友達をよォ、二度と失いたくないだろ」

《二度と……？》

シンの言葉を聞いて、ヘキサが静かに問うた。

だから、ハヤトもそれに答える。

（……六劫の、『忙』だ）

《何だ、それは》

（六劫は、自分の子供から家に対する反逆性を砕くために、様々な手を使って……子供の、心を殺す）

《……どういうことだ》

（体罰、ネグレクト、あらゆる虐待を通じて、自分の子供に言うことを聞かせるために、子供の友人だって殺してみせる。それが、六劫だ）

《そんな、ことが……》

（それを徹底する。親の言うことに反抗した段階で、あらゆる手段を使って子供の意思を奪っていく。そうすりゃ、子供は諦めることを学習する）

《学習性無力感か》

（そうなりゃ、後は家の奴隷だ。どんなことでも言うことを聞く、体の良いおもちゃの完成だ）

《…………》

（そんなことをやってるのが、異能の家だ。天原が、特別ってわけじゃないんだ）

《……しかし》

その異常性を目の当たりにして、ヘキサは息をのむ。

「友達の首の骨が折れても良いのかよ」

「……っ」

ロロナはシンに言われるがままに、長杖をそっと下ろした。

その瞬間、シンが手を離す仕草を取ると、

「げほっ！　げほっ！」

呼吸ができるようになった澪が、酸素を肺腑に取り込むように何度も咳き込んだ。

「あァ、そうだ。最初からそうしておけよ、六劫ロロナ。お前みたいに自分の頭で考えられねぇやつは、誰かの操り人形がお似合いだ」

シンはそう言うと、ハヤトを見下ろした。

「俺は、天原に復讐したい。お前に復讐したい。何もしてないお袋と、二人の弟を殺されたんだよ。おかしいよなァ？　俺たちは一般人たちからちょっと金を稼いだだけなのによ」

「……ふざけた、やつだ」

自分のしていることが間違えているとは思わない。

自分のしてきたことが咎められるとは思わない。

「俺がお前を殺すのは面白くない。コンなものじゃ、俺のたちの恨みは晴らされねぇ」

その歪んだ自己愛こそが、異能だ。

「だからよォ、六劫ロロナ」

シンがロロナの名前を呼んだ。

びくり、と彼女の身体がひどく震えた。

「お前が、天原を殺せ」

「…………っ！」

その瞬間、ロロナは長杖を落とし、カツン……と、ひどく乾いた音が響いた。

「ンだよ、その顔。まさか、異能なのに〝天原〟に情が湧いたとか言うんじゃないだろうなァ？　こいつは俺たちの不倶戴天の敵。お前の親族だって、お前の家族だって、こいつらに殺されてンだろ」

「…………でも、ハヤトは、違う。ハヤトは、私を守ってくれた。ハヤトは、優しくしてくれた。ハヤトは、頭を撫でてくれた。だから、違う。違う！　天原じゃ、ないッ！」

「まァ、お前がそう言うなら良いけどよォ。もう一人が死ぬだけだしな」

シンが笑いながら澪を見る。こいつなら、本当に殺すだろう。澪を殺して、ロロナを殺す。そして、満身創痍のハヤトと戦えるだけの準備をしているだろう。

「……やだ。嫌だ……っ！　澪は……関係ない……っ！」

「関係ないわけねェだろ。元はと言えば、六劫のお前が関わンなきゃよォ、こいつは普通に探索者やってたんだろ」

「違わねェよ。現実から目ェそらすな。お前は異能で、人殺しだ。どうしようもないやつなんだよ。なのにお前は魔法を使わねぇ。自分に与えられた能力を活かそうともしねェ。そんなやつが、探索者になるなんて笑わせセンな」

「違う……」

「…………」

「お前が弱いのも、お前の意志がないのも、お前がここで俺に勝てないのも、お前らが何もしなかったからだ。努力を怠ったからだ。違うか？　六劫ロロナ」

「……………違う」

最後の声は、ひどく小さくこぼれた。

「何も違わねぇよ。ダンジョンの中で、探索者の中で、お前らは自分の力を鍛えなかった。だから、俺に殺される。俺は、お前らみたいな甘えたやつを見ると、反吐が出るんだ」

「……違う。ハヤトは、自分で人生を変えられるって言った。生まれ持った異能に頼らなくても、自分の力で変えられるんだって……言った、から」

「じゃあ、変えてみせろよ。お前が探索者になって、培った力で俺に勝ってみせろよ」

「………それは」

「ほらな、それが答えだ」

シンは笑う。笑いながら、続ける。

「探索者は実力主義だ。強いやつが残る。弱いやつが消える。お前みたいに自分の実力から目ェそらして、お花畑に脳みそ浸らせてるやつに俺が負けるわけねェだろ」

ハヤトはその言葉を受け入れることができなかった。

「弱いから、自分の命も守れねぇ。他人の命も守れねぇ。良い薬になったろ、六劫ロロナ。もう時間だ。天原を殺せ」

「…………やだ」

「なら、こいつを殺す」

再び、縛り上げられた澪の首筋に見えない手形が出現する。

そして、ぎりぎりと澪の身体を持ち上げていく。

「選べよ、六劫ロロナ。仲間を見殺しにするか、天原ハヤトを殺すか。お前が選べ。まァ、どっちにしろ殺すけどな」

ロロナはすがるように落ちた長杖に手を伸ばすと、静かに嗚咽を漏らした。

「……やだ。やだよぉ……。澪を、放してよぉ……」

その両目から大粒の涙を流して、それでもすがるようにシンを見る。

「もう、誰も殺さなくて良いって……誰も死なないで良いって聞いて、探索者になろうって……思ったのに……」

ロロナは限界だった。自分の意思と、それでも突きつけられた条件に彼女の心は耐えきれなかった。

だから、涙を流してハヤトを見た。

「……助けて」

「誰がお前を助けンだよ」

「助けてよ、ハ、ハ、ヤト……」

その真っ赤な瞳でハヤトを見た。

「……ッ！」

呼吸が止まった。息ができなかった。

どうして、自分の名前を呼ぶのか、ハヤトは本気でそれが分からなかった。

惨めに地面に這いつくばって、指の一本も動かせず、なんとか身体を治すのが限界の俺に何を期待しているというのだ。

彼女は何も知らないのだ。ハヤトが一度、彼に負けているということも。どれだけハヤトに才能がないのかも。知らないから、信じているのだ。

そんなおめでたい話があるか。

そんなふざけた話があるか。
そんなことを言われたら、
立ち上がるしか、道はないじゃないか。
「……もちろんだ」
（……全く、自分が嫌になる）
《どうした？》
呼吸をするたびに、肺が痛かった。
（自分のためには、動けないのに）
シンに打ちつけられた衝撃で外れた右の股関節が痛んだ。
（誰かのためと思うと）
背骨にひびが入っているのだろう。左の腕がびりびりとしびれていた。
そして何よりも、『星走り』によって弾けた右腕が痛んだ。
（身体が勝手に動くんだ）
だが、ハヤトは立った。立ち上がれた。
「虚勢だな、立ってるのがやっとだろ」
「そう思うか？」

「あァ？」

「本当に俺が、立ってるのがやっとだと……そう、思ってんのか」

シンは何も言わずに、ロロナを見た。

彼はハヤトの言葉など無視するつもりだ。そして、最初に思い描いたプランを完成させようとしている。

七城シンは、この期に及んでまだ天原ハヤトに負けないと思っているのだ。

「さっきは、俺の可愛い弟子たちに好き勝手言ってくれたな。シン。異能であるのを良いことに、お前がちょっと強いのを良いことに、俺の可愛い弟子に悪態をついてくれたな」

ハヤトは静かに拳を構える。

「徹底的だ。俺はお前を徹底的に打ち破る」

「言葉だけは立派だな。おい、六劫。いつまで待たせる。早く天原を殺せ」

シンはそう言って顎をしゃくった。

そんなに言うなら乗ってやろう。

「ロロナ」

「……ハヤト」

七城シンが思い描く勝利の方程式に乗ってやろう。

「全力だ。全力でこい」

乗った上で、全て破壊してやる。

「そ、そんなことしたら……ハヤトが、死んじゃう……！」

ロロナの叫びを、シンの大声がかきけした。

「面白え！」

どさ、と音を立てて澪の身体が地面に落ちる。

「やれよ、六劫ロロナ。天原を殺せ」

「わ、私はもう……誰も、殺したくないの……っ！」

「なぁ、ロロナ」

そっと優しく語りかけたハヤトは、胸の内からこみ上げてくる何かに耐えきれず思わず血を吐き出した。べしゃ、と地面に真っ赤な華が咲く。

「俺が、死ぬと思うか」

「……ハヤト」

視界が揺れた。

「俺が、こんなところで、死ぬと……本当に、そう思ってるのか？」

足が言うことを聞かなかった。

「なぁ、ロロナ。お前は本気で、俺がお前の攻撃を防げないと、そう思ってるのか？」

だが、それでも彼は倒れなかった。

「……へぇ」

威勢だけだ。それを見た誰もがそう思うだろう。

全身の至る所から血を流して、立ち上がるのもやっとで、声もかすれており、いつ倒れてもおかしくない。

そんな男が何をするというのだろう。

そんな男に何ができるというのだろう。

だが、それでも、

「この俺が、弟子を一人、受け止められねぇやつだと思うかッ！」

ハヤトは吠えた。

「…………思わない……ッ！」

そして、それに弟子は応えた。

当たり前だ。彼女はハヤトを信じているのだ。

そして、信じられているのであれば――天原ハヤトは立ち続ける。

「辛かったよな、苦しかったよな……」

ロロナが錫杖を抱えたまま、魔法を発動。

虹の糸が生まれると、ハヤトの頭上でぐるりと円を描く。

「それに何より、悔しかったよな」

ＭＰを消費して発動する魔法は『グラヴィトン・プレス』。

ダンジョンの床すらも圧壊させた驚異の魔法。

それが、ハヤトの直上で展開されている。

「後は全て俺がやる」

逃げ場はない。いや、逃げるという選択肢は取らない。

決めたからだ。シンの考えを全て砕くと。

ハヤトの中には、怒りがあった。怒りだけがあった。

何も知らない男が、好き勝手に語ったくだらない言葉の全てに怒りを覚えていた。

弟子を守りきれない自分に対して怒りがあった。

「安心しろ。俺は死なねぇ。倒れねぇ」

当たれば死ぬ。

だというのに、ハヤトの顔はひどく穏やかで、

「来い、ロロナ。お前の全てを受け止めてやる」

「…………うんっ」

刹那、ハヤトの体感時間は無限大に引き延ばされた。

ハヤトは真上に手を伸ばしている。まるで魔法を素手で受け止めるかのように、まっすぐ上に伸ばしている。

『ハヤトよ、よく聞け』

こんなときだというのに、ハヤトの耳に父親の声が響いた。

嫌いで嫌いでどうしようもない父親の声が、こんなときだというのに再生された。

『人は弱い。故に〝魔〟の一撃を人の身で耐えることは不可能だ』

知っている。

そんなこと、モンスターと戦う中で嫌というほど思い知らされたからだ。

『だが、〝魔〟の攻撃を、体躯を、全て当たらぬようにするのもまた不可能。故に、この技があるのだ』

知っている。そんなことは、頭では理解している。

ぎらり、と虹の糸が煌めいた。

『逆だ、ハヤト。「星走り」の逆なのだ。撃力を乗せるのではなく、流すのだ』

ドォオオオンンンンンンンンンンッッッッツツツツツツツ！！！！！！！！

次の瞬間、衝撃波と轟音、そしてすさまじい粉塵が『安全圏』に巻き起こった。

「言ったろ」

声が響いた。

舞い上がる粉塵の中、その中心部に立っていた一人の男が声を放った。

「倒れねぇって」

天原の一族は祓魔の一族である。

〝魔〟は人智を超えた体躯を誇り、生半な攻撃は通用しない。故に、『星走り』は生み出された。しかし、〝魔〟の中にはその一撃で死なぬものもいる。総じて、そういったものたちとは長き戦いになる。

〝魔〟の膂力をその身にたたき込まれようものなら、その身体は耐えることができずに絶命する。だからこそ、天原の初代当主は考えた。人の身にて、〝魔〟の攻撃をそらす技を。要領は同じ。全ては逆転するだけだ。

撃力を余すことなく地面に流すことで無傷を保ち、衝撃によって術者の周囲はまるで隕石孔のように削られる。

その技は術者を天降る星に例えたが故に、

「『天降星』」

それは、絶対の防御技（ぼうぎょわざ）である。

（……初めて成功した）

《よく使おうと思ったな》

（前線攻略者（フロントランナー）だからな）

そう、かつてのハヤトでは〝天原〟の技は『星走り』を除いて使えなかった。

しかし、これまでの戦闘（せんとう）経験が、跳（は）ね上がったステータスが、そして何よりも期待に応えんとするハヤトの意思が、彼の可能性に息吹（いぶき）を与えたのだッ！

「これで、満足か。シン」

誰もが息をのんでいた。地面に倒れた澪も、魔法を放ったロロナも、そして何より〝天原〟の戦いを見ていたはずのシンも、誰も彼もが目の前で起きた事象を理解できなかった。

「……ハヤト」

一方で、魔法を使ったばかりのロロナは、そのままぐらりと前に倒れる。ＭＰ切れだ。

「ありがとう……」

そして、気を失った。彼女（かのじょ）が本気で来たというのは、それだけでよく分かった。

「さて、もう日も変わる頃だ。さっさと終わらせよう、シン」

ハヤトはそう言うと、拳を構えた。

「天原ァ！　忘れたんじゃないだろうな、お前の弟子は俺の手中にいて……」

叫ぶと同時にシンは後ろを振り向いたが、そこに澪の姿はなく、

「……は？」

「こっちだよ。分かんないか？」

「……ッ!?」

澪はハヤトの後ろに立っていた。喉に赤い痣を残し、ロロナを抱きかかえてハヤトの後ろに立っていた。

「どうやって、拘束を解きやがった……ッ！」

「スキルに決まってんだろ」

移動した距離は十メートル強。

そんな距離を一瞬にして移動できる方法など、一つしかない。

「【紫電一閃】……。こんな使い方もあるんですね」

「そうだ。【紫電一閃】は直線上を駆け抜け、身体は自動的に道中にあるものを斬り落とす。それが、モンスターだろうが、拘束具だろうが、変わらない」

それは、彼なりの賭けだったのだ。澪がそれに気がつけば、ハヤトは気兼ねなく戦うことができる。

「よく気がついたな、澪」

「だ、だって……凄く、楽しみしてたんですもん。スキルを使うの」

澪はわずかに微笑んでそう応えた。

「……ッ！」

「澪は自力で抜け出した。ロロナの魔法も受け止めた。さぁ始めようぜ、シン」

「ふざけんなッ！」

見れば、ハヤトの傷が治っていく。修復されていく。

治癒系統のスキルが内部を治しきり、外傷の修復を始めたのだ。

「俺はお前を許さねぇ」

〝全スキルを排出〟

【破魔】【術式妨害】【身体強化Lv5】をインストールします〟

〝インストール完了〟

ハヤトは腰を落とすと拳を構える。

「だから徹底的だ。徹底的にお前を打ちのめす」

「抜かせッ！　テメェが俺に勝てるわけねェだろッ！」

シンが叫ぶと同時にハヤトは地面を蹴った。

『縮地』を用いた神速の接近。それを見たシンは腰から剣を抜くが、それを振るうよりも先にハヤトの拳が二発炸裂。

パパンッ！　と、重なった音が響いて、シンの身体が後方に吹き飛ばされた！

「お前が俺に……なんだって？」

「……ちッ！　舐めんなッ！」

開いた両者の距離を埋めるように地面を蹴ったハヤトに向かってシンが右手を掲げると、『サイコキネシス』によって床が跳ね上がるッ！

「邪魔だッ！」

だが、ハヤトは突如として目の前に飛び込んできた障害物に向かって跳躍。それどころか、隆起した床を蹴って空中で加速したッ！

「死ねやァ！　天原ッ！」

シンが引き抜いた剣を真横に薙ぎ払うが、ハヤトは見切っている。右の甲で剣を跳ね上げると、ハヤトの髪の毛が数本断ち切られるが当たることはない。

「ざけんなッ！　天原!!」

「ふざけてんのはお前だろうがッ！」

シンの叫びにハヤトが吠える。

地面を踏み込むと、構えた拳がシンの鳩尾にたたき込まれたッ！

「お前に、お前らに、一体何が分かるってんだッ！　自分の才能に恵まれて、力を与えられた。自分の与えられた環境を当然と思い、他人のことまで考えられねぇ。お前のどこがまともなんだ。七城シンッ！」

シンの身体がわずかに浮き上がるほどの衝撃。

それを食らってなお、数歩後ろに下がって歯を食いしばったシンの顔面に向かってハヤトの左拳がたたき込まれる。

「いまを生きるので精一杯の人間がいることにすら気がつかない。その想像力の欠如が、俺は羨ましいよ、本当にッ！」

シンがぺっと血を吐き出すと、欠損した歯が飛び出した。

だが、ハヤトは回し蹴りをたたき込むと、シンの身体が『安全圏』の壁に激突。そのシンに向かって、さらに拳を脇腹にめりこませる。

ミシリ……と、骨がきしむ音が響くと、シンの顔が真っ青に染まる。

「……異能も、持ってねぇくせに。天原を放逐された……くせに……」

だが、その状態でシンはハヤトに向かって震える手を伸ばした。

ボロボロになりながらも、ハヤトの首元に不可視の手を出現させせようとして、その力はハヤトに触れる前に霧散した。

「無駄だ」

【術式妨害】スキルによる、異能攻撃の阻止！

生じた隙にねじ込むように、ハヤトはシンの背後に回るとそのまま腕の関節を極めて、地面に落とし込んだ。

「腕を折ったら、少しは澪の苦しみが分かるか？」

「クソがァアアッ！」

ハヤトはシンの腕に負荷をかけ続け、そして……バキ、と音を立ててシンの腕がぷらんと力なく垂れ下がった。

「痛ェなァ、ちくしょう！」

次の瞬間、ハヤトに真横からの衝撃が加わって吹き飛ばされたッ！

突然の反撃に『天降星』が間に合わず、地面を転がったハヤトに向かってシンは吠えると、

「俺がスキルを持ってないとでも思ったか、天原ッ！」

次の瞬間、シンの剣がハヤトの左腕を断ち切った！

「……ヅッ！」

焼けた鉄を押しつけられたかのような痛みが、ハヤトの脳髄を貫いた。

遅れて信じられないほどの血がハヤトの左腕から流れ出す。

痛みによって鈍った意識が覚醒すると、目の前にシンの剣があって、
澪の悲鳴が、水の中に入ったときのようにボンヤリとハヤトの耳に届いた。

「ハヤトさんっ！」

「……ッ！」

咄嗟にバックステップを取ったハヤトだったが、シンの方がわずかに速い。

不気味に煌めいたシンの刃がハヤトの胸を浅く斬りつけると、パッと血が舞った。

「俺の腕一本、テメェの腕で釣り合いとれると思うなよッ！」

そう叫んだシンは、地面を蹴った。

「異能なんて使うまでもねぇ」

シンが剣を上段に構えると、妖しく刀身が煌めいた。

「テメェを殺すのにゃ、スキルだけで充分なんだよッ！」

シンが使っているのは【剣術】スキル。持ち主の剣術センスを引き上げ、数々の技をもたらしてくれる万能スキルだ。

（……『新月斬り』かッ！）

それは【剣術Ｌｖ１】で覚えることのできる剣技。

スキルによって生み出される圧倒的な膂力と、それを以てしても打ち破れない相手を斬り崩す、秘奥の技である。

シンの振り下ろしを、ハヤトは真横に跳んで回避。

がら空きの胴体に右の拳を重ねるも、左がないためバランスが取れず有効打にならない。

その隙を見逃すことなく、シンが真横に大きく薙ぎ払う。その瞬間、ハヤトの防具が面白いように断ち切られて、ハヤトの胸の傷をさらに深く抉った。

「さっきまでの威勢はどうした、天原ァ！」

「……ッ！」

逡巡。【武器創造】スキルによって義手を生み出せば、バランスは取れるだろう。

だが、それをすればシンと澪に【武器創造】のスキルがバレてしまう。

スキルがバレれば、きっとハヤトは今まで通りの生活が送れない。

彼の異常なスキルは一瞬にして多くの探索者の知るところとなり、ハヤトの名前と顔が知られる。知られたら、捕まるリスクが大きくなる。

澪は黙っていてくれるだろう。ロロナは気を失っているから良いだろう。

だが、シンが黙るとは思えない。

ならば、俺が取るべき選択は――。

ハヤトはそこまで考えたところで、ふっと微笑んだ。

急に笑ったハヤトに、シンはわずかに違和感を覚えて、一歩後ろに下がった。

「……そういえば、俺が言ったんだったな」

ハヤトが澪たちに教えたのだ。『使えるものはなんでも使え』と。

ハヤトはそっと傷口に手を伸ばすと、自らのイメージを想起した。

作るは武器。生み出すは義手。

「来いッ！」

その瞬間、世界が捻じ曲がった。

ぐにゃりと見て分かるほどの変異。変遷。

そして、失ったばかりのハヤトの腕を取り戻すかのように金属製の義手が出現した。

「……スキルか？」

「異能だ」

「馬鹿言え。義手を生み出す異能なんて、聞いたことがねェ」

「〝天原〟だからな」

ハヤトがついた嘘にシンはどこまで納得したのか。返答代わりに飛んできた不可視の攻撃をハヤトは回避。義手によって全身のバランスを取りなおしたハヤトは、シンに向かって大きく飛び込んだ。

彼が使う【剣術】スキルは、長剣での戦闘を前提としている。

だからその距離を詰め、間合いをなくせば、

「おおォッ！」

ハヤトの拳が炸裂。シンの胴体を見事に捉えると、再び後方に大きく吹き飛ばしたッ！

だが、それで両者が止まらないのは先ほどからも明確。このままでは、いつまで経っても埒が明かないッ！

だから、決めるのだ。最後の一撃で。

「お前がもう少し他人を思いやれるやつなら、こうはならなかったんだろうな」

それはシンも同様で、彼は地面に足を叩きつけると強制的に減速。

そのまま剣を構えると、ハヤトをその両眼で見据えて――動きを止めた。

「…………ンだよ、それ」

ハヤトの取っている構えはひどく異質だった。

右の手を静かに構えると、左の拳はぐっと真下に突き出している。

それはまるで、金剛力士の仏像を思わせるかの如く。

「秘技」

刹那、全ての音が消え去った。

「『星走り』」

世界に赤い流星が駆け抜けた。

シンの身体に接触した瞬間、ハヤトは自分の右腕が砕けるのを感じた。

だが、それが何だというのだ。腕の一本、何だというのだ。

「――ォォオオッッツツツ！！！！！」

こんなもの、澪の痛みに比べれば、ロロナの苦しさに比べれば。

「吹き飛べェッ！」

痛いはずがないッ！

ハヤトはダメ押しにと、強く踏み込むと――。

キュドッッツツツ！！！

シンの身体が、音速で後方に吹き飛ばされたッ！

モンスターの攻撃を食い止める『安全圏』の壁を吹き飛ばし、迷路の壁を突き破ってシンの身体は遥か彼方へと止まることなく飛んでいく。

「つぁ……！」

流石に一日に二発の『星走り』はハヤトの身体が耐えきれなかった。

何の守りもなくシンの身体に接触したハヤトの右腕は正視に耐えないほどぐしゃぐしゃになっている。だが、それでもまだハヤトが倒れることは許されない。

まだ、シンが倒れているのを見ていない……ッ！

「……天原ァ」

「足りなかったか……」

次の瞬間、周囲に飛び散ったレンガを払いながら立ち上がったシンをハヤトは見た。

シンが死なないようにとハヤトは心の奥底でブレーキをかけてしまった。それで、大幅に威力が減少したのだろう。

なんとか立ち上がったシンは恨みのこもった瞳をハヤトに向けると、その手を伸ばして……。

「………まだ、だ。まだ、終わらねェ……」

そう言いながら、身体を前に倒すと、気を失った。

それを見届けた瞬間、ふらっ……と全身の力が抜けて、思わずハヤトもその場に倒れ込んだ。

「ハヤトさん！」

その瞬間、後ろでただ見ているだけだった澪がハヤトの下に駆けよってきた。

「悪い、澪。怖い思いさせたな」

「そ、そんなことないです！　だって、ハヤトさんは来てくれるって信じてましたから……！」

「信じてくれて、ありがとな……」

ハヤトが笑うと、左腕の籠手が霧散した。

その瞬間、義手で止血していた血が流れ始めた。それだけでなく、アドレナリンが切れたのか、粉砕骨折した右腕と、左腕の傷跡と、傷ついた背骨など、全身のありとあらゆる場所から痛みが襲ってきた！

（い、痛い痛い痛い痛いッ！）

《よくその怪我で動けてたな……》

澪の前だからなんとか顔だけは冷静だが、内心は大慌て。

（なぁ、俺これ普通に死ぬよな？　ポーション飲まないと死ぬよなッ⁉︎　死んでないのが奇跡だよな⁉︎）

《私としては、その怪我でお前が意識を保ってる方が奇跡だと思うが……》

一刻も早くポーションを飲まないと普通に死ぬ。

ので、ハヤトはわずかな力を振り絞って澪を見た。

「み、澪っ！　治癒ポーションあるか!?　あったら飲ませてくれ！」

「は、はい！　あります！」

澪はすぐさまポーチから治癒ポーションを取り出すと、

「ハヤトさん！　口を開けてください！」

「あい」

ハヤトが口を開くと、そのポーションを自分の口に含んだ。

え、何してんの……？　と、ハヤトが澪に問いかけるよりも先に、彼女の唇がそっとハヤトの口を覆うと、

「……ん」

そのまま、ハヤトの身体にポーションを流し込んだ。

「んんっ！」

ハヤトが口に押し込まれたポーションを嚥下すると、甘露がそっとハヤトの体内に流れて染みこんでいく。肺の痛みが止まり、左腕の出血が停止した。

「み、澪!?　なにやって……」

「ダメですよ、ハヤトさん。まだ、ポーションは残ってますから」

澪はそう言うと、再び口移しでポーションを流し込んできて、

「あの……ハヤトさん。こんなときに言うことじゃないって思ってはいるんですけど」

「ど、どした？」

澪はそっと唇を離すと、照れくさそうに笑った。

何？　何をお願いされるの？

初めてのキスの経験と、もしかしたら弟子に恐喝されるんじゃないかという恐怖で心臓が大騒ぎを始めた。

「お願いを聞いてもらいたいんです」

「お、お願い？　あ、ああ。別に良いぞ」

「その一つ目は、わ、私も……ロロナちゃんみたいに頭、撫でて欲しいんです」

「え、そんなこと？」

「そ、そんなことって何ですか！　これ言うのに凄く緊張したんですよ……！」

《……キスしたのにそこを気にするのか？》

ヘキサは首を傾げたが、それよりもハヤトとしては別の方が気になって、

「そ、それセクハラにならない？　大丈夫？」

《え、キスされたのにそこ気にするのか!?》

(ヘキサァ！　うるさいぞ‼)

大事なところだろ！

「セクハラだったら、なんでロロナちゃんの頭撫でたんですか！」

「あれは……なんか流れで」

「じゃあ、私も撫でてください！」

「はい」

ハヤトは澪の圧に押されるように、首を縦に振った。

「それと、もう一つは」

澪は治癒ポーションを再び口に含むと、ハヤトに飲ませた。

そして顔を上げると、

「ハヤトさんのこと、師匠って呼んでも良いですか？」

そう聞いてきた。

《可愛い弟子じゃないか》

(……俺の弟子だからな)

思わずハヤトは目を丸くすると、

「もちろんだ」

「やった！」

そう言って微笑んだ。

「じゃあ、師匠！　これが最後のポーションです！」

「いや、右腕が動くようになったから自分で飲める……」

「これが最後のポーションです！」

「………」

澪は頑なに譲らず、

（……ダメだ。弟子が話を聞かない）

《師匠に似たんじゃないのか？》

（なんだと？）

ヘキサにツッコむと、ハヤトは澪を見つめ直した。

今のハヤトの怪我はＬｖ２如きの治癒ポーションで完治できる傷ではない。だから、治癒ポーションを複数本飲む必要があるので、一本飲むのに時間をかけられない。

「……分かった。お願いするよ」

「はい。任せてください」

すっかり諦めたハヤトが澪にそう言うと、その口に最後の治癒ポーションを流し込まれた。

「ロロナちゃんだけじゃなくて、私も師匠の役に立てるんですよ？」

「ありがとな」

そう返したハヤトに、そっと澪は頭を差し出して、

「本当に、澪がいて助かったよ」

ハヤトはそっと、その頭を撫でた。

（なぁ、ヘキサ）

《どうした、ハヤト》

ふと冷静になったハヤトはその光景を客観視して、ヘキサに尋ねた。

（これ、俺捕まんねぇかなぁ？）

《……ふむ？》

中学生から口移しでポーションを飲まされるというのは、何らかの犯罪になりそうなのだが。

《まぁ、捕まったら捕まったときだ。脱獄しろ》

（だからなんでそうなんだよッ！）

ハヤトは心の中でため息をつくと、澪に向き直った。

「でも今度から治癒ポーションを飲ませるときは瓶を口に当てるだけで良いからな」

「師匠以外には口移しなんてしませんよ」

「そういう話じゃなくて……」

俺が危ないいんだってば。

しかし、澪はきょとんとした顔で何が悪いのか分かっていない様子。

「……そろそろ、ギルドに戻るか」

「はい！」

仕方がないのでハヤトは説得を諦めると、気を失ったシンを担ぎ上げた。ギルドに戻って警察に突き出そうというわけだ。もちろん、ハヤトはシンのことを許すつもりはない。

だからといって、これ以上自分がやることはないと思うのだ。

だから、ハヤトはギルドに戻るべくMP切れのロロナを担ぎ上げようとして、

「……どうなった？」

「うおっ！　タイミング良いな、起きたか。ロロナ」

彼女はぱちりと目を開いて、周囲を見渡した。

ボロボロになった『安全圏』と、気を失ったシンを担いでいるハヤト。

それを見て何が起きたのか、ロロナは理解したのだろう。

「…………勝った？」

「ロロナが信じてくれたおかげでな」

「……うん。信じてた」

ロロナはそっと帽子を深くかぶると、

「ハヤトなら勝つって、信じてた」

顔を赤くして、そう言った。


ハヤトが1階層の中を撃ち抜いたことによって、迷路の壁を通り抜けて横断するという無茶苦茶な帰還を果たした三人の目に飛び込んできたのは、灯りが一つとして灯っていない暗闇のギルドだった。

「ま、真っ暗ですよ⁉」

「……閉店？」

「いや、違う」

ハヤトはすぐに首を振った。ギルドは二十四時間動いている。この時間に灯りが消え、さらに誰もいないなんてことはあり得ない。これは、明らかに人の手が入っている。

こんな芸当ができるのは、

「……最初から分かってやがったな、アマネ」

彼女のような、異能だけだ。

「お久しぶりですね、兄様」

その瞬間、闇の中から突如として現れたのはセーラー服の少女。

彼女を見たロロナはぎゅっとハヤトの服を掴んだ。

「何が久しぶりだよ。この間、会ったばっかりじゃねぇか」

「何を仰るのですか。兄様に会えないと思うと、このアマネ、胸が張り裂けんばかりの思いで寝るにも寝られず苦しい日々を送っていたのです。兄様とアマネを隔たる海よりも深い断然はきっと乗り越えるべき……」

「話が長いぞ、アマネ」

「失礼いたしました。思わず感極まってしまい……。あら？　そちらの方は？」

アマネはその瞬間、ハヤトが担いでいる男に気がついたのかそんなことを聞いてきた。

「これ、七城シンだ」

「……なんと」

アマネの話が長くなりそうだったので、ハヤトはガン無視してシンを突き出した。

すると、彼女は目を丸くして、

「『厄災十家』の『七城』家。それも、長男を確保されるとは……お見それしました、兄様」

「どうにかできないか？　警察に突き出そうと思ったけど、こいつなら脱走するだろうし」

「アマネにお任せください、兄様」

彼女が両手をパン、と叩くと、闇の中から黒いスーツの男たちが出現。ハヤトからシンを受け取って……再び、闇へと消えていった。

「ついでに『異界』を解いてくんね？　アイテムの精算がまだ終わってないんだ」

「いえ、まだアマネがここに来た本当の仕事が終わってません」

「本当の仕事？」

「六劫ロロナの確保です」

ハヤトは視線を動かさなかった。だが、ロロナはハヤトの服を握る手に力を込め、澪も反射的にロロナに視線を送ってしまった。

アマネは澪たちのリアクションを見ながら淡々とした口調でハヤトに尋ねた。

「なぜ、兄様が六劫の人間を匿うかは存じ上げませんが、その娘はれっきとした犯罪者ですよ？　我々、天原が確保しておく必要がある娘です。兄様、六劫ロロナを受け渡してください。今なら揉めずに終わらせられます」

「…………」

ハヤトは思案するように眉をひそめると、ふとアマネに尋ねた。

「天原が確保しておけば良いんだろ？」

「はい」

「じゃあ、これで良いじゃん」

ハヤトはぽん、とロロナの頭に手を置いた。

そして、安心させるようにそっと撫でる。

「天原ハヤトが、六劫ロロナを確保した。だから、誰にも渡さない」

ハヤトの答えに、アマネは虚を突かれたように放心していたが、

「あはっ！　あはははははっ！」

理解した瞬間に、笑い出した。

「……笑うようなことか？」

「いえいえ、失礼いたしました。確かにそうですね。兄様も、追放されたとはいえ天原……。なるほど、確かにこれは一本取られました。兄様、頭良いですね」

「マジ？　俺って頭良い？」

頭が良いと言われたのは生まれて初めて。

思わずハヤトは食いついた。

「ええ、目的を達成するためなら手段を選ばないところも、そのために自分を犠牲にされるのも、大変素敵だと思います。何しろ、兄様は自ら天原だと宣言されたわけですから」

ハヤトは無言。

「かつてされた兄様の『戻らない』という宣言。あれはなかったということでよろしいですか？」

アマネは目を細めて黙り込むハヤトに問いかけた。

「いや、俺は天原には戻らない。戻ることなく、探索者を続ける」

それはまるで、値踏みしているかのようで、

「では兄様は、天原の名前を使うけれど、天原の家には戻らないと。なるほど。良いとこ取りをなさるわけですね」

「そうだ。何か問題があるか？」

ハヤトは弱かった。だから、反論を許されることなく追放された。

だが、今は違う。今は、ヘキサからもらったスキルの力と前線攻略者のステータスを持っている。

だから、アマネと――〝天原〟と、対等に交渉ができる。

「ロロナは渡さない。俺も家には帰らない」

「ふむ」

「だから、アマネ。お前はもう家に帰れ」

ハヤトがそう言うと、アマネは目をぱちりと瞬き――「よよよ……」とわざとらしく泣きまねをはじめた。

「ひどいです、兄様。可愛い妹が手ずから頼みに来ているというのに。こんなにも冷たく振るなんて。やっぱり兄様は中学生くらいの女の子が好きなんですか」

「え⁉　そうなんですか、師匠⁉」

「やっぱりってなんだよ。澪もなんでそんなに勢いよくこっちを振り向くんだよ」

ハヤトは後頭部をわずかにかくと、

「別に振ったってわけじゃないけど。ただ、弟子の方が可愛いのは確かだな」

「…………急に言われると、恥ずかしい」

「ほ、本当ですか？　可愛いですか？」

ハヤトの言葉に澪とロロナが一々リアクション。やりにくいなぁ、もう。

だが、これが効いたのかアマネはそっと泣きまねをやめると、

「振られた女は早いところ、退きましょう。残っていても、惨めな思いをするだけですから」

そう言って、黒服たちと同じように闇の中に消えようとしたアマネは、途中で足を止めると……ハヤトに振り向いた。

「兄様、差し出がましいとは思いますが、最後に忠告を」

「ん？」

「兄様がAランク探索者になられたということ、またランキングを駆け上がられたこと、ともに異能の世界で大きな話題となっております」

「嘘だろ？」

「本当です。そんな兄様を取り込もうとする者。天原に恨みを持ち、兄様を使って晴らそうとする者。これから先、色々な者が、兄様を狙いにくると思います」

「どうにかしてくれよ」

「不可能です。兄様が天原に戻らないという選択をされたということは、〝天原〟の庇護下から離れるということ。アマネは〝家〟のルールにより、兄様を手助けすることができません。兄様だけの力で困難を乗り越える必要があります」

その言葉に、思わずハヤトはため息をつくと……「はっ」と笑い飛ばした。

自分の力で困難を乗り越えるなど、今に始まったことじゃない。

「なんだ、いつものことか」

天原の庇護がないのも、困難が押し寄せてくるのも、慣れたものだ。

「俺（おれ）が招いたことだ。俺の力でどうにかするよ」

「その言葉を聞けて安心いたしました。では、またいつかお会いいたしましょう、愛（いと）しの兄様」

彼女（かのじょ）はそう言うと、ふっと消えていく。

その瞬間（しゅんかん）、ぱっ！　と周囲が明るくなり、人の気配が戻ってきた。

「アイテムの精算すっか」

時刻は既（すで）に午前一時。

澪とロロナを連れて帰るのに、職質を受けないかがハヤトの目下の悩（なや）みである。

第8章 ✦ 親愛なる脅迫者

「ということがあったんだ」

「なんでロロナ様の魔法を受け止める必要があったんですか？」

「なんか……その場のノリで……」

ハヤトは夜中の街中を自転車で走りながら、後ろに乗っているエリナに先日起きた事件を暇つぶしがてら話すと鋭いツッコミを受けたので、思わず言葉に詰まった。

そんなハヤトが着ているのはエリナが作った新しい防具。『赤鬼』の素材を使うことにより、防御力はこれまで以上に上がっている。

「ご主人様の防具が急にボロボロになったからびっくりしたんですよ？」

「心配かけたな、エリナ」

ハヤトは感謝を告げると、

「それにしても、エリナがいなかったら毎回防具を買い直してたかと思うと……背筋が凍るな」

「えへへ。ご主人様のお役に立てて、私は嬉しいです」

「今日もしっかり頼むぞ」

「はい！　オークションは初めてですが、精一杯頑張らせていただきます！」

二人が向かっているのはギルドで開催されるオークション。それもAランク探索者だけが参加できるという『探競』である。というのも、昨日の夜にハヤトが準備をしていると、ふわふわと浮かんでいたヘキサが心配そうに聞いてきたのだ。

《お前、まさかとは思うが一人だけでオークションに行くつもりか？》

「え、そうだけど。でも、Aランク探索者が集まるんだから、ダイスケさんとか久我さんとか来ると思うし、知り合いは来るだろ」

《馬鹿、来なかったらどうするんだ。カモにされて終わるぞ》

「ええ？　そうかなぁ……？」

流石にそんなことはないと思う。主催者は主催者でいるし。

と、ハヤトは思ったのだが、ヘキサは聞かず、

《こういうのは金銭感覚に冴え渡ったやつ、それも絶対的なお前の味方を連れていくべきだ》

「そんなやつ、Aランク探索者にいるっけ？」

《そこにいるじゃないか》

と、指さされた先にいたのはエリナ。

「え、私ですか⁉」

《そうだ。少なくとも、ハヤトより金銭感覚はしっかりしている》

「ご主人様のお役に立てるのであれば参加したいですが、オークションってAランク探索者限定ですよね？」

《事前に調べたのだが、使役しているモンスターであれば問題ないらしい》

「あ、それ『頑張れテイマーくん』にも書いてありましたよね！」

「うわ、出たよその漫画……」

《そうだ。それを読んで知った情報だ》

「お前、漫画の知識をドヤ顔で語ってたの？」

『頑張れテイマーくん』なるゆるふわSNS漫画は、エリナとヘキサの好みにドストライクらしい。らしいのだが、ハヤトとしては未だにSNSというのが分かっていないので、まだ読んだことがないのだ。

とはいえ、今更二人に『SNSって何なの？』とは聞けないのでハヤトは黙っているのだが、

「インターネットに書いてある情報を鵜呑みにするのは良くないと思うぞ！　俺は」

《珍しくまともなことを言ったな。しかし、ハヤトの言う通りだ。だから、聞いてしまえば良い》

「え？　どこに？」

《ギルドに決まってるだろう。電話して、オークションに使役したモンスターを連れて行って良いかを聞けば、すぐに答えてくれるだろうさ》

　ということで電話をかけるとつながった先は咲。使役モンスターをオークションに参加させて良いかと尋ねると、二つ返事でＯＫと言われたので、ハヤトはエリナを連れてオークション会場に向かっているというわけである。

「本当は澪とロロナも連れてきたかったんだけどなぁ」

「お二人はＥランク探索者なんですよね？」

「そそ。探索者になったばかりだからな。売られるアイテムを見れば勉強になるかと思ってさ」

「今度、ご主人様のお弟子さんを紹介してください。私もロロナ様にお会いしたいです」

「そっか、エリナはまだロロナに会ったことはないんだっけ。でも、あの家に連れてくるわけにもいかないしな」

「お引っ越ししますか？」

「俺、保証人がいないから引っ越しできねぇんだよな」

ダイスケさんあたりに頼んでみたらどうかな。

意外とOKしてくれそうだな。

「調べてみたんですが、保証人の代わりになってくれる会社がありますよ」

「え、そんなのあんの」

「はい。ですので普通の家に引っ越しましょう」

「あの家も普通だと思うけど」

「自殺者が五人連続で出てる事故物件は普通じゃありません！」

「そっかぁ……」

ハヤトはエリナに叱られてしょげかえると、ギルドの駐輪場に自転車を停めた。

そのままスマホを取り出すと本日のオークション会場を再確認。

「地下1階か」

「あの、お兄様」

「どうした？」

外向きの呼び方に切り替えたエリナが不思議そうに尋ねてくる。

「ダンジョンって地下にあるんですよね」

「そうだな。そう言われてるな」

「だとしたら、ギルドの地下にオークション会場があるっておかしくないですか？」

「ん？　あぁ、これが実はおかしくないんだよ。ダンジョンってのが地下にあるっていうのはあくまで仮説なんだ。それで、今のギルドの地下がある場所を全部掘り返したんだけどな、一辺が三メートルの直方体が無限に地下に繋がっていたらしい」

「……直方体が」

「そうだ。それで調査したんだが、結果としては何も分からずじまい。残ったのは、掘り抜いた土地だけ。で、それを有効活用するためにギルドは地下階を作る形で建設されたんだよ」

「詳しいですね、お兄様」

「建設バイトに応募して落とされたからな」

「あ、なるほど……」

そんなことを言いながらも、ハヤトはギルドの地下に潜ったことはないのだ。

とりあえず建物内の表示にしたがって階段を下りる。すると、下りた先にはハヤトと同じくＡランク探索者と思われる探索者がちらほらと歩いているではないか。

「わぁ……。みなさん強そうですね」

「みんなAランク探索者だからな」

防具を着て、歩いているだけだというのに尋常でない強さが醸し出されている。

濃厚な強者の匂いを切り開くようにしてハヤトは進むと、

（俺も端から見ればこれくらい強いと思われてんのかなぁ……）

《強く見られたいのか？》

（そりゃ……）

《でもお前、強く見られたらイキるだろ》

（もうイキらないのっ！）

周りに探索者がいるので、会場の場所に戸惑うことはなさそうである。

そう思ってハヤトが別の探索者の後ろをついて歩いていると、物陰からぬっと少女が出現した。

「ハヤト、見つけた」

「うおッ!? びっくりしたぁ……」

そんな変な登場の仕方をするのは奇人だらけの探索者の中でも一人しかいない。

「心臓に悪いぞ、シオリ。もっと穏やかに出てこい」

「だって、ハヤトを誘ったのに。ＬＩＮＥの返信ないから」

何が『だって』なのかさっぱり分からないが、シオリが分からないのは今に始まったことではないので無視。

「お前のメッセージ長いし」

「でも既読無視はよくない。傷つく」

「じゃあ今度からスタンプだけ返しておくよ」

「許さない。今度既読無視したらハヤトの家に行く」

「それはやめろ。てか、俺の家知らねぇだろ」

「…………」

「なんで急に無言になるんだよ」

その瞬間、シオリの視線が下り、ハヤトの後ろに隠れるようにして立っているエリナと目を合わせると、首を傾げた。

「なんでハヤトの妹がここに？」

「俺の財布のひもを握ってるからだ」

「理解した」

流石はＡランク探索者。理解が早くて助かる。

「ハヤトは何を出すの？」

「一緒に倒した24階層の階層主が落としたアイテムがあっただろ？　あれだよ」

「私とハヤトの愛の結晶、売っちゃうの？」

ハヤトはシオリを無視して聞き返した。

「シオリは何を出すんだ？」

「26階層の灼熱マイマイがドロップした宝石」

26階層は『地下火山』エリアと呼ばれている階層で、溶岩が至る所に流れており、呼吸するだけで鼻や喉が焼けそうになるステージだ。ハヤトも攻略するのには手こずったものである。

「あそこ宝石採れるのか」

「火山だから」

「火山だと宝石が落ちるのか？」

「そう。今度みっちり教えてあげる」

「え？　いや、別に良いよ」

そんなやりとりをしながら、ハヤトたちが会場に入ろうとしたとき、真横にあった『STAFF　ONLY』と書かれた扉がドン！　と開いた。

　そして中から出てくるのは、ハヤトたちとそう変わらない歳の少女。

「良い？　Ｎｏ．32とＮｏ．46はなんとしてでも購入して。金額に制限はつけないから。あと、12と17、それと23は３０００万までだったら出していい。それ以上は他に譲って。他のアイテムはいらないけど、雇ってる探索者たちに必要なのがあったら、私に確認せずに適宜買うように」

　タブレット片手に周りに色んな大人を付き従え、あれこれと指示を出しながらハヤトたちと同じように会場に向かっていく。

「凄い方ですね」

「主催者だろうな」

「主催者、ですか？」

「あぁ。このオークションを開いてるのはギルドじゃない。ギルドと提携している別企業なんだ」

「え、でも参加者はAランク探索者だけって……」

「参加者はな。でも、主催者は別だ」

　彼女は今日のオークションを仕切る管理人でもある。見るからに金持ちそうなその少女は明らかにハヤトとは別世界の住人というのが分かるので、

（……生まれによる格差を感じる）

《そう言うな。お前だって探索で稼いでいるだろう？》

（そりゃそうだけどさぁ。金持ちって生まれたときから金持ちだからなぁ……）

ハヤトがいじけていると、目の前にいた少女がふと後ろを振り向き、前を向いて、再び後ろを振り向いた。

「えっ！　えっ!?　ハヤちゃんじゃん！　久しぶり！」

綺麗な二度見をかました少女は、周りの大人たちを押しのけてハヤトの下へ駆けよってくる！

「「ハヤちゃん……？」」

シオリとエリナの言葉が重なって、ハヤトの方を振り向いた。

だが、ハヤトはそれに弁明している暇はない。

少女が勢いを止めることなく、ハヤトの胸に飛び込んだからだ！

「なんでここにいるんだよ、ツバキ」

「ハヤちゃんに会えるかなって思って」

無論、ハヤトの身体能力であれば彼女をなんなく受け止められる。

ハヤトに受け止められた少女は、ぎゅ……と、力にまかせて愛おしそうにハヤトを抱きしめた。

「会いたかったよ、ハヤちゃん。私ね、ハヤちゃんと急に連絡が取れなくなったから、すごくびっくりしたの！　夜も眠れなかったんだよ！」

亜麻色の髪の毛に、ブレザーの制服。

背はハヤトよりもわずかに低いが、何よりも特徴的なのはその瞳だ。黄玉のような美しい瞳がしっかりとハヤトをとらえた。

「二年間寝てないのか？」

「ううん。しっかり寝てたよ」

けろりとした態度で、少女はハヤトから離れると、にぃっと口角をつり上げて微笑。

「……あ、あのお兄様。こちらはどなたですか？」

「昔の知り合いだ」

それ以外にどう答えても角が立ちそうだったので、ハヤトはそう濁した。

濁したのだが、シオリがそんなことで黙るはずもない。彼女はツバキに向かって、刀をチラつかせながら脅迫。

「ハヤトから離れて。じゃないと斬る」

シオリから脅されたツバキは怯んだ様子も見せずに「それは困るね」と言って離れた。

「うーん？　藍原ちゃんは知ってるけど、その子は知らないなぁ。ハヤちゃんって、アマネちゃん以外に妹いたっけ？　まぁ、いいや。天原なんかに興味ないし」

うんうん、と頷きながらツバキは悪意のない太陽みたいな笑みを浮かべた。

「じゃあ、自己紹介しよっか。私はツバキ。八璃ツバキ」

そして、名前を名乗ると堰を切ったようにまくしたてた。

「〝天原〟の本家である〝草薙〟家と同じく御三家に数えられる八璃の次期当主。あとね、あとね！　探索者装備の開発会社ではトップを走ってつい先日、東証一部上場を果たした『D＆Y』の代表取締役社長もやってるよ！」

《御三家……？》

「本家……？」

飛び出した情報の塊に、ヘキサもエリナも豆鉄砲を食らった鳩のようにきょとんとしていたが、唯一聞き取った情報を処理したシオリがツバキに祝辞を贈る。

「ツバキ、上場おめでとう」

「ありがとね、藍原ちゃん」

「それで、ハヤトとはどんな関係だったの」

そして、流れるようにシオリはツバキに尋ねた。

「あ、そうだよね。私とハヤちゃんの関係は言っておかないとだね」

「つ、ツバキ。これに関しては俺が説明するから……」

「えぇ？　別に良いでしょ。そんなに隠すようなことじゃないし！」

ツバキはそう言うと、にっこり笑って答えた。

「私ね、ハヤちゃんの許嫁なんだよ！」

その瞬間、世界が凍りついたのがハヤトには分かった。

特別編　魔女は探索者

ロロナの朝は早い。六劫(ろくごう)では早朝に訓練を行うことが日課だったため、その癖が抜けきれないのだ。

「……眠い」

半分しか覚醒していない目で隣を見ると、澪(みお)が行儀よく布団にくるまっている。夜遅くまでバイトをしていた彼女を起こさないようにロロナは布団を音もなく畳むと、大きく伸びをしてキッチンに向かった。

無機質な時計の針が指しているのは朝の六時。

今日は彼女が朝食担当なので、冷蔵庫の中を覗き込む。ベーコンと卵、そして昨日のうちに買っておいたキャベツがあったので、それで朝食を作ろうと決意。棚からマグカップを二つ取り出すと、牛乳を入れて電子レンジにかける。

カルシウムを取ると身長が伸びると聞いてから、澪とロロナは朝にホットミルクを飲むことを習慣にしているが、身長が伸びる気配は今のところない。

「……わふ」

あくびを噛み殺しながら、ロロナは食パンを二枚取り出してトースターに入れた。

「……卵は、半熟」

同居人の好みを口にしながら、ロロナはガスコンロに火を点けた。火花の散る音とともにコンロに火が点くと、否が応でも朝が来たことを意識させられる。

サラダ油をフライパンに引いて、熱せられるのを待つ。

「……もう少し、料理のレパートリーとか……増やすべき、かな」

誰も聞いていないことをいいことに独り言を漏らすと、ロロナは卵を取り出した。

つい先日行ったばかりの師匠との食事会では、ほとんどの調理を澪が行い、ロロナはあくまでも助手でしかなかった。

それでは彼に恩を返したことにはならない。

ハヤトには返しきれないほどの大恩がある。でも、自分に返せるものはない。そんなこと、ロロナ自身が誰よりも知っている。お金も、力も、何も持っていないのだから。

「ハヤト、何なら喜んでくれるだろ……」

でも、だからといって貰いっぱなしでいられるほど、ロロナの神経は図太くなかった。

「お菓子、とか？　ケーキとかかな」

自分の師匠がそういったものを食べている様子をあんまり思い浮かべられない。

「もしかしたら、甘いもの苦手なのかも……？」

ハヤトがそれらを食べないのは実際のところ、お菓子類は高いから食べてないという貧乏性の末路なのだが、そんなことなど知るよしもないロロナはそう結論付ける。

「手紙とか、花束とか……」

男の人が果たしてそんなもので喜ぶのだろうかと、ロロナは不思議に思った。

いつも読んでいる本には、そんなことなんて書いていないから余計にロロナの思考は袋小路にはまっていく。

「本の……プレゼント？　でも、ハヤト……本、読まなそう」

大正解である。

「……咲(さき)に、聞いてみよ」

なぜ澪でないのかは、ロロナは自分でも分からなかった。

それに具体的な理由を見つけるよりも先に、ロロナは火を止めるとプレートを棚から取り出そうとして……。

「……ッ！」

その近くに置いてあったガラスのコップに皿があたって、バランスを崩したコップが落下！

「『止まって』！」

ロロナがとっさにそう声を出した瞬間、コップが空中で停止した。

それは【重力魔法】であるが、探索者が身につけるスキルではない。

六劫の得意とする『重力』系統の魔法である。それは彼女が生まれつき扱える異能であり、血のにじむような訓練と努力の果てに身に着けたものだ。

よって〝外〟で使うことは犯罪にはならない。

「……良かった。割れなかった………」

かつては人を害するために使っていたそれを、今では使うことはない。

それは、何よりもハヤトのおかげで。

「…………」

ロロナは黄色いコップを見ながら、ふと考えた。

もしこれが、ハヤトの家で……割れずに受け止めていたら、彼は頭を撫でてくれていただろうかと。

『流石だな』

なんて言って、褒めてくれただろうかなんて……そんなことを考えて、

「……変」

ロロナは頭を振って、自分の思考を断ち切った。

最近はずっとこの調子なのだ。何かあれば、ハヤトに褒められることばかりを考えてしまう。ちょっとしたことでも、ハヤトが褒めてくれないかと思ってしまう。

そんなの、厄介でしかないと思うのに。

「……でも、ちょっと小さい……帽子の方が、いいかな」

でも、そんなことを思いながら、ロロナは吊るしてある魔女帽子を見た。自分を鼓舞するために、勇気づけるために使っている大きな帽子を見た。

「大きいと……撫でづらい、し……」

ロロナがそう口に出した瞬間に、トースターがチン！　と鈴の音を立てる。少し遅れて、ミルクを温めていた電子レンジも小気味よい音を鳴らした。

刹那、我に返ったロロナがフライパンを見ると、

「あっ……」

とてもじゃないが、半熟とは言えない目玉焼きができていた。

「……むぅ。ハヤトのせい」

若干、焦げ付きつつある目玉焼きを剥がしながら、ロロナはハヤトに文句をつけた。

時刻は六時十五分。

とんでもないとばっちりを受けているなんて知るよしもないハヤトは、未だ夢の中である。

あとがき

お久しぶりです！　シクラメンです！　二巻で皆様とお会いできること、大変嬉しく思っております。これも皆様の応援あってこそです。本当にありがとうございます！！！

あとがきと言えば色んな語りが許される場所なので、何か語ろうかと本気で考えたんですがそういうのは作品に入れたい派なんですよね……。困った。

困ったので、最近買ったキーボードの話をしようと思います。キーボードと言ってもパソコンのキーボードじゃないです。楽器の方です。というのも、僕は昔から音楽がすごく苦手でして、音楽の授業は毎回腹痛でサボろうと思っていましたし、合唱コンではロパクで歌って委員長に「ちょっと男子〜！」と言われている人間でした。嘘です。そんな女の子はいませんでした。

どうしてそんな僕がキーボードなんか買おうかと思い立ったのかというと、隣の部屋の人が凄い大きな音でギターを弾くんですよね。夜の十二時を回ったら流石に静かになるのですが、それまではまぁ結構な音量で弾くもんで、せっかくだったらキーボードでセッシヨンしたら盛り上がるんじゃないかと思いまして、ネットで一番安い中古のキーボードを買いました。ドラムもかっこいいのでドラムと迷ったんですけど、僕の部屋にドラムは入んねぇなぁと。で、せっかくキーボードを買ったので練習がてら弾いたら、まぁこれが難しいのなんの。隣の部屋の人は器用にギターを弾くんだなぁと感心しました。これだけで買った価値もあったというものです。しかし、僕も負けてられないと奮起して、貴重な夏休みを全て投入し、なんとか猫踏んじゃったくらいは引けるようになりました。なので隣人がギターの引くのに合わせて猫踏んじゃった弾いたら壁ドンされました。ひどくないですか？　まぁ、ここまでの話は全部嘘なんですけど。

さて冗談はそこそこに、ここからは本当の話をしていきたいと思います。

なんとなんと一巻発売後にファンレターをいただきました！　とても大事に保管させていただいてます。ありがとうございます。

やっぱり手紙は良いですね。パソコンやスマホで入力している無機質な文字と違って人の温かみがあるというか、頂いた時に本当に嬉しくてちょっと涙が出ました。なんだか人に気持ちを伝える際に手紙が使われていた理由が分かった気がします。これだけ気持ちが伝わるならラブレターって文化も生まれるよなって。まぁ僕はラブレター書いたことも貰ったことも無いんですけど。

さて、今回は一巻と違ってあとがきが三ページもあるのでお話できることもたくさんあります。

というのも、ウェブ版を先に読んでくださってる方は分かると思うんですが、なんと二巻はほぼ書き下ろしなんです。なので、まずはちょっとだけ二巻の内容に触れたいと思います。

書籍オリジナルストーリーってやつですね。何がどう変わっていたのかをチェックするのをウェブ版から楽しみにしててくださった方は申し訳ないです！　全然違います！

あとがきを先に読まれる方もいらっしゃるということで、中身の話はここまでにして次にお知らせをば。

なんと「中卒探索者」のコミカライズが決定しました！　なんてこった。「中卒探索者」が漫画になります！　漫画担当はごんた先生。連載はComicWalkerさんになる予定です！　凄いな！

ラノベ書いてる人間としてこんなことを言うのも何なんですが、やっぱりラノベより漫画を読む方の方が多いですし、漫画になればこれまで以上にたくさんの人たちに読んでいただけるかも……ということで、今からワクワクしています！　続報をお待ちください！

そして、謝辞を。

イラストを担当してくださったてつぶた先生。澪やロロナはイメージど真ん中すぎてビビりました！　それだけではなく、素敵な挿絵の数々。本当にありがとうございます。今では家宝です。

二巻は全部書き下ろしたいという、突然すぎる連絡をしたのにも関わらず快諾してくださった編集様。おかげさまでウェブとは違う「中卒探索者」を作りあげることができました。また、この本に携わってくださったすべての皆様に、この場を借りてお礼申し上げます。

それになによりも、読者の皆様。

僕は小説というのは人に読まれて初めて完成するものだと思っています。この作品を手にとってくださった皆々様のおかげで、「中卒探索者」という作品は完成することができたのだと、そう思っております。また、SNSでの感想ツイートや、口コミでの宣伝、本当にありがとうございます。とても励みになりましたし、現在進行系で励みになっております。

叶うのであれば、三巻でお会いしましょう。ばいばい！

HJ文庫 https://firecross.jp/
1045

中卒探索者の成り上がり英雄譚 2
～2つの最強スキルでダンジョン最速突破を目指す～

2022年11月1日　初版発行

著者――シクラメン

発行者―松下大介
発行所―株式会社ホビージャパン

〒151-0053
東京都渋谷区代々木2-15-8
電話　03(5304)7604（編集）
　　　03(5304)9112（営業）

印刷所――大日本印刷株式会社

装丁――内藤信吾（BELL'S GRAPHICS）／株式会社エストール

乱丁・落丁（本のページの順序の間違いや抜け落ち）は購入された店舗名を明記して
当社出版営業課までお送りください。送料は当社負担でお取り替えいたします。
但し、古書店で購入したものについてはお取り替えできません。

禁無断転載・複製

定価はカバーに明記してあります。

©Shikuramen

Printed in Japan

ISBN978-4-7986-2990-2　C0193

ファンレター、作品のご感想お待ちしております

〒151－0053　東京都渋谷区代々木2－15－8
(株)ホビージャパン HJ文庫編集部 気付
シクラメン 先生／てつぶた 先生

アンケートはWeb上にて受け付けております

https://questant.jp/q/hjbunko

- 一部対応していない端末があります。
- サイトへのアクセスにかかる通信費はご負担ください。
- 中学生以下の方は、保護者の了承を得てからご回答ください。
- ご回答頂けた方の中から抽選で毎月10名様に、HJ文庫オリジナルグッズをお贈りいたします。